ハヤカワ文庫JA

〈JA1303〉

探偵はBARにいる3

原作：東 直己　　脚本：古沢良太

ノヴェライズ：森 晶麿

JN192245

早川書房

8092

探偵はBARにいる3

プロローグ

食堂のドアが開くたびに、風が石狩湾《いしかりわん》の海の匂いを運んでくる。

その匂いに、諏訪《すわ》麗子《れいこ》はうっとりした表情を浮かべた。ウニいくら丼はもともと好きだが、魚市場近くにある食堂で食べるそれはひときわ新鮮。麗子は夢中でかきこむ。

周りにいるのは、魚市場を主戦場とする海の男たち。頭にはねじり鉢巻きの者もいる。麗子にとっては物珍しい光景だ。皆もちらちらと麗子を見ている。彼女が場違いな存在だからだ。麗子も何となくはわかっている。でもそんなことはどうでもいいこと。ウニいくら丼が美味しい。それがすべてだった。

足音が近づいてくる。

足音の主は椿秀雄《つばきひでお》。運送屋の男だ。すっかり恋人気取りでいるのには辟易するけれど、女は愛嬌と割り切っている麗子にとってはどうってことはない。

麗子のような女子大生から見れば、椿は単なるオッサンだ。中肉中背、これといった特徴もなく、心惹かれる要素があるわけでもない。ただ、ふだんは険しい目をしているのに、麗子を見ると途端に目じりが下がるところはかわいいなと思う。

椿は麗子の向かいの席にトレイを置き、それから自分も腰かけた。

「なまら美味しいっしょ？」

返事をしようか迷ったが、結局何も答えなかった。椿はそれでも満足そうだった。いつもそうだ。麗子は、椿の前ではまだ言葉らしい言葉を発したことがない。

椿は「若い時は何でもよく食べたらいい」と満足げに頷き、腕時計をちらっと見やった。

「食べ終わったら、行くか」

頷いた。どこへ、とは聞かなかった。

食べ終えて勘定を済ませると、椿は麗子の腕を摑み、人混みをかき分けてトラックのもとに向かった。あまり趣味のよくないデコトラだ。

助手席のドアを開けられる。足掛け自体が、麗子にとってはだいぶ高い位置にある。苦労してヒールを引っ掛け、どうにか乗りこむ。煙草臭のしみこんだ空間。せっかく海の幸をたらふく食べた後だというのに。

進む道はひたすらまっすぐ。ただし、麗子にはトラックがきちんと道路を走っているのかどうかもよくわからない。路面は雪に覆われ、道路脇の平原にも等しく雪が降り積もっているため、一面隈なく真っ白に見えるのだ。ウィンドウに寄りかかり、ぼんやりと雪景色を眺めていると、椿が笑いかけてきた。締まりのない、下卑《げび》た笑み。その笑みに曖昧に応えながら、麗子はブランケットを鼻まで上げて、しっかりと閉じているはずの窓の隙間から巧妙に入りこむ冷気をやり過ごした。

不意に、椿は前方に目を戻して「ん？」と低い声をあげた。

どうしたのだろう？

彼は突然ブレーキを踏んだ。

「何やってんだ……ちょっと待ってな」

椿は運転席の脇に置いてあった拳銃を持ってからトラックを降りた。

前方に、道路を塞ぐようにして車が停まっていたのだ。

麗子は外の様子をウィンドウに頭を預けたままじっと見守った。胸騒ぎがする。いやなことが起こる前触れのようなもの。椿があそこまで険しい顔つきになるのも、初めて見た。

ちょっとだけよ。ちょっとだけ。言い聞かせて椿の行方を目で追った。

椿は乗用車に近づき、中を覗いているところだった。

「オイ！　こっだらとこで何してくれてんだてめぇ！　開けろ！」

だが、ウィンドウは開かない。

苛立ったように椿はさらに乱暴にウィンドウを叩く。

今度はゆっくりとウィンドウが開いた。

「てめぇ、のらくらしやがってぶち殺……」

白い路面に、赤い飛沫《ひまつ》が散る。

椿の胸が、赤黒く染まっていた。

「うそ……」

麗子の顔から血の気が引いていく。

椿が路上に倒れた。生まれたての子ヤギのようにどうにか全身を痙攣《けいれん》させながら立ち上がろうとするも、痛みがそうさせないのかうまく立ち上がれない。

が、それでも椿は懐《ふところ》に手を入れ、拳銃を取り出した。

あの人、ただのトラックの運ちゃんじゃなかったの？

椿は倒れたまま、銃口を運転手に向けた。それが、最期だった。

ズダンッ！　……ズダンッ！

椿が己の銃を発砲させるより先に、相手が二発椿の胸に撃ちこんだのだ。一秒後には、椿は路面に倒れて人形のように動かなくなった。

車のドアが開き、運転手が降り立った。

ぎゅっぎゅっぎゅ。

大きな登山用ブーツが新雪を踏みしめる音が、トラックの中にも洩れ聞こえる。

運転手は死体の前にしゃがみこみ、椿の手から拳銃をもぎ取って、乗用車のトランクに放り入れた。

そして——麗子の乗っているトラックに向かって、再び歩き出す。

ぎゅっぎゅっぎゅ。

咄嗟《とっさ》に、麗子は腰をかがめてフロントガラスから見えない位置に身を隠した。

椿を殺した人物は麗子の横をゆっくり通過していく。ウィンドウから顔を覗かせ、麗子はそれを確かめた。

暗殺者はそのままトラックの背後へ回ると、分厚い手袋をはめた手で、荷台の扉を開ける。

荷台から何かを取り出す音が聞こえる。椿は麗子に、毛蟹を運んでいると話していた。

毛蟹を持ち去る気なの？

暗殺者は、もとの乗用車のトランクへと箱を積みこんだ。

ぎゅっぎゅっぎゅ。

靴音が遠ざかるのを、麗子は身じろぎもせずに聞いていた。

雪は死体の上に、その後も降り続けていた。

1

白い息が夜空に浮かび上がり、ススキノのネオンをわずかに曇らせる。耳たぶが痛くなるくらいよく冷えた空気と、空から続々と着地する雪。酔っぱらった男女のじゃれ合う声が、雪に負けじと響いている。加えて、客引きの投げやりな営業。それらが夜のノイズをつくり出すのを、ニッカの巨大ネオン〈ローリー卿〉は今夜も楽しげに見守っている。

この街の夜にはいつだって、静寂の入りこむ隙がない。

「雪はいいけど寒さはなくしてくれないかな……」

高田《たかだ》はそんなことを思わずぼやいた。冬が来るたびに思う。冬のススキノは好きだが、二月ともなると寒さは殺人的だ。

「何をわけのわかんないこと言ってんですか、先輩」

隣を歩く、後輩の原田《はらだ》誠《まこと》はいつもよりやや生真面目な顔をしてツッコミを入れる。

「いや、大事なことでしょ。こういう欲求が研究につながるわけだし」

「牛は寒さなんか気にしないっすよ」

「……ま、そうだな」

牛乳の脂質には関わってくるんだぞ、と思ったがそれは言わずにおく。高田は北海道大学大学院で農学部の助手をしている。研究対象は酪農。おもに乳牛。

「あの話、受けるんですか？」

「ん？　ああ、まあな。ちょっと面倒くさい話だけどな」

原田が言っているのは最近高田が教授に持ちかけられた話のようだ。できれば牛並みにゴロゴロと過ごしていたい高田にとっては、他人の熱意というのはだいたいにおいてありがた迷惑なところがある。だが、教授の申し出には、何となく食指が動いたのも事実だった。

「寂しくなりますね……」

「そんなしんみりすることか？」

今日の原田はいつにも増してぺらぺらとよく喋る。さては緊張しているのか。まあ初対面の人間に会いに行こうっていうのだから当然か。探偵という特殊な人種に会うわけだしな。

それも——原田の依頼のために。

高田は毎日のように探偵と顔を突き合わせているが、それまでの人生で探偵という職業の人間に出会ったことがない。だから、あれが標準的な探偵なのかどうかも、高田には判断できないのだ。

あれは普通の探偵なのだろうか？　ていうか、普通って何だよ？

「あのぉ先輩……どういう人なんですか、その人」

「どういうって？」

「……ヤクザとかじゃないんですよね？」

「じゃないと思うよ」

たぶん。あれがヤクザなら世の中もう少し平和かも知れない。たしかに探偵にはヤクザの知り合いはいるし、だいぶ世話にもなっているけど。ん？　じゃあヤクザなのか？　いや違うな。チンピラか？　柄はそこまで悪くないと思うのだが。

「ほ、本職は何なんですか？」

高田は原田に、探偵のことを〈趣味でやってるだけ〉と説明していた。

「んー酒飲みかなあ」

さもなくば、ギャンブラーか。あんまり強くないけど。

「あ、あの、ちゃんとした人なんですよね？」

それに対しては答えが見つからなかった。あれを「ちゃんとした人」と取るかどうかは、人それぞれだろう。あれは、そういう人間だ。

「ちゃんとねぇ……まあ会えばわかるよちゃんとしてるのか、してないのか」

2

くしゃみが出た。店の中で出るくしゃみは、大抵どこかの馬鹿が俺のことでろくでもない話をしているせいと相場が決まっている。いちいち気にしてなどいられない。

俺はスノースタイルにして出されたホセ・クエルボにライムをぎゅっと搾ってから口をつける。鼻から抜けていく香りは爽やかだが、喉が焼ける感覚はかなり過激だ。いい感じに身体が温まってきて、くしゃみによって背中にやってきた寒気も退《しりぞ》いていった。

「えーと、どこまで話したっけ？」

ホステスのヤンヤンが耳元でぼそりと囁《ささや》く。

「犯人が……ってとこダヨ」

「ああそうだそうだ」

俺は静まり返っている店内を見回した。店内にいるのは、男性客十数人とホステス一同。ふだんでは考えられない、お葬式みたいな空気だ。その視線は俺に集まっている。次の言葉を待っているらしい。

「犯人がわかりました」

一同に緊張が走る。名探偵、皆を集めてさてと言い、なんてガラじゃないが、ことを収めるためには必要なこともある。

俺は男性客たちを見渡すと、そのなかの黒縁眼鏡の男の前で視線を止める。男は俺の視線に気づいて眼鏡を指で押し上げながら、視線を避けるように俯いた。俺は男を指差した。

「犯人は……あなたです！」

この男は中学校の教頭だ。今のところは、だが。

「つ、つまらない冗談を……ハハ、ハハハ」

周囲のどよめきのなかで、教頭はどうにか誤魔化そうと引《ひ》き攣《つ》りながら乾いた笑い声をたてた。

「あなたしかいないんですよ、教頭先生」

「私は教育者ですよ」

教頭はわずかに狼狽《うろた》えながらも、あえて威厳のある声で反論を試みた。俺はそれに適当に頷き返した。そう。まったく、熱心な教育者だ。昼も、夜も。

「被害者はこのテーブルで接客をしているときに被害にあいました。店が停電し、あかねママがブレーカーを上げるまでのわずか十五秒ほどの間に犯行は行われたんです。犯人は被害者の背後に忍び寄り、その豊満なおっぱいをわしづかみにし、計三回激しく揉みしだいた！　そうだね、ヤンヤン？」

ヤンヤンは悲痛な表情でうなずく。中国人の彼女は勤めだしてまだ一年。すぐに中国自慢を始めるのが玉に瑕《きず》だが、とびきりの美人である。

「あの人何回も揉んダヨ！　こうやって！」

ヤンヤンは左のおっぱいを自らの手で揉んでみせる。

ホステスの胸まで教育しようっていうんだから、頭の下がる教育者には違いない。

「揉んだのは左のおっぱい。背後から左のおっぱいを揉もうとすれば右手で揉むのは困難。左手で揉んだことになる」

「だったら……私じゃない、私は右利きだ」

言うと思った。もちろん織りこみ済みだ。

「問題は利き腕じゃありません、これですよ」

俺はヤンヤンのそばにあったフライドポテトの皿を見せた。その場にいる誰もが、まだ俺が何を言わんとしているのか理解できないみたいだった。

探偵たる俺は解説を続ける。

「添えてあるケチャップを見てください。指を突っこんだ跡がある！」

一気にざわめきが広がる。だが、まだそれが何を意味するかはっきりと理解した者はいないようだ。

「犯人は暗闇の中を手探りで移動する過程で、誤ってこのケチャップに右手を突っこんでしまったんです。だから左手で揉まざるを得なくなった」

「そ、そんなくだらない推理……」

教頭先生よ、否定したその顔であなたが今何を探しているのか、俺にはよくわかるぜ。もちろん、そうは問屋が卸さないが。

「教頭のおしぼりを確保しろ！」

俺の一声で教頭のすぐ隣にいたホステスが、教頭からおしぼりを奪って俺に投げた。ナイスキャッチ。

俺は、おしぼりを広げて見せた。

そこには動かぬ証拠がある。薄赤いシミ。それが何を意味するか、もうわからぬ者はいない。教頭一人が首を傾げる演技を続けているが、額《ひたい》の汗の量は嘘をつけないようだ。

「ふき取った痕ですね」

「……そ、そんなものが何の証拠になるんだ！」

するとヤンヤンが駆け寄って自らの左の胸に教頭の左手を押し当てた。

「間違いないヨ！　この手ダヨ！　この手が揉んだんダヨ！　こうやってこうやって！」

触られたことの証明のために自ら再現するとは、なかなか大胆なことをする。揉まれるのが嫌で犯人捜しをさせられているのに、ちょっと矛盾した行動のような気もするが。

「……た、たかがおっぱいじゃないか！　大騒ぎしやがって！」

教頭はそう言いながらヤンヤンの両方のおっぱいを順番にパンと軽く手で叩いた。開き直ったか、教育者。だが、状況から言えばあんたはもはや逮捕秒読みの状態だ。

「ひどい！　日本がこんな国とは思てなかッタヨー！」

ヤンヤンは泣き出して俺の肩にすがった。俺は彼女の肩を抱き、優しく宥《なだ》めた。ホステスの涙に同情なんて野暮だが、「たかがおっぱい」なんて言われてはおっぱいの立つ瀬がない。俺はおっぱいの味方だ。いや、違う。依頼人の味方だ。依頼人のおっぱいの、味方。

「教頭、こりゃ大変なことになりますよ、もう誰も炊飯器買いに来なくなりますよ！　パンダだって全部返すことになりますよ！　こりゃ国際問題だ」

蟻の穴から日中も崩れるってのは、中国の故事成語だったたっけ？　まあ上野動物園がパンダを返したら、我らが旭山動物園の一人勝ちになるから道民的にはいいかも知れないが。

「う、うあああああん！」

想定外な事態が発生した。教頭が突然叫びながら、ボトルを持って襲いかかってきたのだ。

俺は振りかぶった教頭の両手首を持って投げ倒した。一本。オリンピック金メダル級、と自賛していたのもつかの間、起き上がった教頭が逃げ出そうとする。

おいおい本気か教頭、夜のススキノに脱走？　身元割れてるぞ？　呆れつつ追いかけようとした時、入口に誰かがいるのに気づいた。

高田だ。あともう一人は――誰だ？　知らない奴だな。

「どけ！」

威勢よく教頭は叫んで高田をどついたが、相手が悪い。高田は足をひょいと引っかけて教頭を転がした。コマを回すみたいに、いとも簡単に片がついた。

どうもサンキュー、高田。俺は目で訴え、それからもう一度隣の男を見る。やけに大きなボンボンのついた赤いニット帽をかぶっている。眼鏡の奥にある細い目は純朴そのもの。やっぱ見覚えはないな。後輩か何かか？

すると、俺の思考を遮《さえぎ》って、うずくまったまま教頭が泣きべそをかきだす。警察なら完落ちといったところか。

「……私が悪いんじゃない……あの巨乳が悪いんだ……ぜんぶ巨乳が悪いんだ……！」

そうそう、男に罪はない。悪いのは巨乳……。

「……って、んなわけねえだろ。ルールがあるだろうが。フェアプレイを心掛けなさいよ、教育者なら。でも、まあ穏便にいきましょう。ヤンヤンの慰謝料、店への迷惑料、俺への手数料、諸々込みで二十万。それで手打ちだ。いいですね？」

教頭は半泣きで頷いた。こいつも考えてみれば被害者みたいなものだ。哀れだから真実を伝えてやることにした。

「ついでに教えましょう」俺は耳元で囁いた。「あれね、シリコン」

教頭は顔を上げ、悔しそうに下唇を噛んだ。

「クソ……！」

俺たちの様子を見ていた高田が隣の青年に「な、ちゃんとしてるだろ？」と言い、青年は困惑顔で「……わかんないっす……」と答えた。

「ん？　何の話だ？」

高田は企み顔で笑みを作る。

「依頼人だよ、探偵」

3

正直者の長所は、正直なところ。短所は、話の端折《はしょ》り方を知らないところだ。高田が連れてきた後輩の原田誠とかいう男は、まさにそんな長所と短所を併せ持った正直者らしかった。

あれから俺たちは場所を移動し、俺の常駐バーである〈ケラー・オオハタ〉のカウンタ

——席に並んで腰かけていた。

まあ、話が長いのは、〈ケラー・オオハタ〉のどことなくのんびりとした雰囲気が、時間が無限にあると勘違いさせてしまうせいなのかも知れないが。

　おかげで俺は原田の話を聞いているうちに十回以上あくびをしなければならなかった。高田は呑気なものだ。話をすでに知っているから、聞かずに新聞を広げて競馬の予想なんかしつつバーボンソーダを飲んでいる。俺のほうはマルガリータをロックで三杯引っかけているが、原田の話が下手すぎるせいで少しも酔えない。

「そこまでにしとこう。だいたいわかった」

　俺は原田の話を遮った。

「え、まだ途中ですけど……」

「わかったって言ってるだろ」

　原田はむくれた顔で俺を見つつウーロンハイに口をつけた。高田が顔を上げ、原田に頷いてみせる。よく言っとけよ、パイセン。

　我が運転手兼ボディガードにして北海道大学農学部グータラ万年助手の高田が、柄にもなく先輩風を吹かせて連れてきた原田誠という学生の依頼は、実にごくありふれたものだった。

「で、これがそのいなくなった彼女なわけね？」

俺は話のはじめに原田から渡された写真に目をやる。昔、どこのクラスにも必ずいた、周囲をパッと明るい気分にさせるタイプの人好きのする美人だ。この女が、失踪した原田の恋人らしい。

「名前は？」

「諏訪麗子です……央女《おうじょ》の家政科四年」

「オージョ？」

「道央女子大学《どうおうじょしだいがく》」

聞いたことのない大学だった。北海道は地球並みに広い。どこでもいいから子供をとにかく大学と名のつくところに入れたい親というのは、一定数存在するらしい。

「高田、聞いたことあるか？」

「ないけどあるんだろ」

競馬新聞から目を上げて考えろよ馬鹿。おまえの連れてきた依頼人だろうが。まあいいや。原田は頼んでもいないのに恋人との馴れ初めを話し出す。

「去年、合コンで知り合って、あ、普段は合コンなんて行かないんだけど人数合わせで仕方なく……」

聞いてないしおまえがふだん合コンに行かないタイプかどうかなんてどうでもいいわ。

「そしたら麗子がいて、漫画とかの好みが合って」

でかい咳払いをしてやった。退屈なので省略するとしよう。

「いつから連絡取れないの？」

「四日前です。電話もメールも返事なくて……あいつ、天然なとこあるから心配で……僕、銀行に就職決まってて卒業したら結婚するつもりで……力になってください！」

やれやれ、天然で四日も連絡寄越さないような女は、合コンにも行かないだろうに。俺は鉛筆を握って熱心に新聞に丸なんぞ付けている高田に囁いた。

「教えてやれ、君が飽きられたんだって」

「自宅にも帰ってないんだと、彼女」高田は顔も上げずに言う。

こういうところは、高田は潔《いさぎよ》い。いらぬ推測をするのは自分の仕事じゃないと心得ているのだ。俺のところに持ってきたんだから、あとは俺が考えろってことだな。

しかし、こんなの本当に依頼として受けていいのか？　恋人がべつの男の家に転がりこんだだけの話じゃないか。馬鹿らしい。だが、俺はどうにかその感想を飲みこんだ。

いいや、どうせ身体は空《あ》いてるんだ。どんなシケた仕事でも時間を潰すくらいはできる。

すると、原田がポケットから鍵を取り出した。

「彼女の家の合鍵、もらってるんです」

「へえ……じゃ行くか」

「え？」

「当たり前だろ？　警察犬だって捜し物する時はまず持ち主の匂いを嗅ぐ」

「……嗅ぐんですか？」

「嗅がねえよ、喩えだろうが。行くぞ」

急に疲労感に襲われた。正直者のそばにいると、疲労感が増すようだ。これも正直者の短所に加えておくか。

4

俺たちはその足で麗子のアパートへと向かった。どこにでもありそうな、ありきたりなアパートだ。こぎれいではあるが、築二十年は経っている。金のある学生ならもう少しマシなところを借りるかも知れない。

麗子の部屋は、いかにもこのアパートにふさわしいチープさと生活感と、若さが滲んでいた。洗濯物が部屋干ししてあったり、冷蔵庫にやたらとメモが貼ってあったり、作り置きの鍋があったり、ちゃぶ台のうえに百均で買ったようなマニキュアが大量に出たままになっていたり、〈ネイキッド〉という男性アイドルのポスターが貼ってあったり、〈ネイキッド〉の団扇《うちわ》があったり、〈ネイキッド〉のタペストリーがあったり、〈ネイキッド〉

の帽子、バッグ、カレンダー、キーホルダー……って〈ネイキッド〉多いな。まあそんなところだ。安っぽい家具からは当然金の匂いはせず、白で統一された全体の雰囲気からは、男の匂いもしない。机の上に写真立てがあり、原田と麗子が写っていた。

「あるじゃない、一枚だけ君の写真が」

原田は照れたように笑った。

俺と高田は手分けして部屋の中を手当たり次第調べて回ることにした。求めるものはただ一つ、麗子の失踪の一端を匂わせるものだ。原田が俺たちの作業をそわそわした様子で見ているのに気づいたのは、しばらく経ってからだった。

「ん？　なんだよ？」

俺たちを責めるような目だ。

「いや、その、勝手にいろんなとこ見ると、麗子すごく怒るんで……」

「怒る女がいないから俺たちがいるんだろうが。馬鹿か君は」

正直者の時間感覚に付き合っていたら夜が明けてしまう。無視して引き出しを開いて、思わず口笛を吹いてしまった。

隠されていた「匂い」が出てきたのだ。部屋の様子からは想像もつかないようなブランド品が続々御登場。バレンシアガのワンピース、ディオールやシャネルのハンドバッグ。アクセサリーがまた豪華だ。フェラガモ、グッチ、エルメス……いずれも標準的な女子大生が簡単には手に入れられないハイブランドだ。靴はまだこれから揃えるところだったのかわずかだだが、それでもジミーチュウだのセルジオロッシだの……やるねぇ。

「高そうだね。君のプレゼント？」

「……いえ」

他に男あり、と。

「デートやなんかは、どっちが払ってた？」

「大抵割り勘……か、麗子が。……仕送りがいいのかなって」

仕送りがよけりゃこんなアパート借りないだろう。

どこまでいい奴なんだこいつ。呆れる一方で、自分がとうに失ってしまった間抜けなまでの純情を後生大事に持っている原田が、何だか無性に羨ましい気持ちにもなった。

「実家には？」

「いえ……連絡先知らないんです、個人情報だし、どうやって調べればいいか……」

大変な時代になったものだ。恋人の実家すら個人情報保護でなかなか教えてもらえないとは。ってそんなわけあるか？

麗子という女、本当にこの男のことが好きだったんだろうか？　少々同情心が湧いてくる。

「これ実家からだな」

高田が見つけたのは、宅配便で送られてきた食料品の段ボール箱だった。貼り付けてある送付状に、送り主『諏訪美千代《みちよ》』、住所と電話番号もある。

「個人情報発見」

高田がスマホで電話番号を押し、俺に渡した。

呼び出し音が三回鳴ったところで、素朴そうな声の女性が出た。母親だろう。

「はい、諏訪でございますが」

俺は、引き出しを調べながら声色を変えた。ここは年寄りくさくいくか。

「あのぅ、夜分、申し訳ありません。麗子さんは、いらっしゃいますか？」

ちょっと年寄りになりすぎたかも知れない。

「麗子は札幌のほうにおりまして。あの、失礼ですが……」

「あー、ワタクシはですね、道央女子大事務局の者でして、ゼミの課外研修費用五万円がまだ支払われておりませんもので」

俺の脳内設定としては、定年後天下りで雇われてはいるが、事務局内ではあまり頼られず雑用に専念しているジジイのつもりだった。

子どもの金の問題となれば、どの親も似たような反応を示す。案の定、彼女はあたふたし出した。

「申し訳ありません……五万円ですか……今すぐには用立てられませんが、いつまでにお支払いすれば」

実家は金持ちじゃないようだ。となると、彼女はよほど実入りのいいバイトをしていたか、さもなくば、どこかの金づるをゲットしていたことになる。高田、どうするんだよ。恋人の行方捜しを依頼してきたはいいが、そいつは真実を知る覚悟はできてるのか？　どう見てもそんなものないだろう。

片手で引き出しをがさごそと開けていたら、預金通帳が見つかった。もう母親とこれ以上話す必要もないだろう。娘の行方も知らないようだし。

「……ゼミのほうに確認してまた連絡差し上げます」

俺は通話を切って、通帳を一ページ目からじっくりと調べ始めた。何ページか進むうちに規則性に気づく。〈ピュアハート〉なるところから定期的な振りこみがあるのだ。それも、十六万、二十一万、二十五万……いずれもなかなかの金額だ。週単位で、徐々に単価が上がっていく。当たり前だが、普通のバイトじゃこうはならない。つまり、それ相応のことをするお仕事ってことだろう。

「おい、探偵」

高田に呼ばれて顔を上げる。高田は下着入れの奥から見つけた薬の袋をひらひらと持ち上げて見せた。

「これ、シモの病《やまい》のヤツだろ」

馬鹿、声がでかい。俺はすぐ高田のもとへ向かった。

「……実入りのいいアルバイトに励んでたか、女子大生」

ちょうど原田から見えない角度で助かった。

遅れて原田が反応する。間一髪だった。

「何かわかったんですか？」

俺はシモの薬をそっと隠した。

「いや。あとで俺の口座を教えるから、金振りこんどけ」

原田の表情がパッと明るくなる。

「捜してくれるんですね！　ありがとうございます！」

なんだこいつは。今すでに捜しているだろうに。俺が何をしていると思っていたのやら。

まあいいや。どうも憎めない。こいつの青臭さは、とどのつまり昔の自分の青さでもあるってわけか。俺も歳をとったものだ。

「いくら振りこめばいいですか？」

「暇つぶしだ、いくらでもいい」

金には困っていない。ギャンブルと競馬でいくらでも稼げる。

俺はもう一度、原田から見えないように注意しつつ通帳を覗きみて、溜息を呑みこんだ。

これはどう考えても、正直者には正直に報告できない案件になりそうだ。

調査を終えた俺たちは、市電すすきの駅で降りる。この時期は車内と外気の温度差が激しいのが難だ。ハワイにいる夢を見せられた途端、崖から突き落とされる感じだ。首をすくめて身体をどうにか零下三度の世界に適合させようとしていると、原田が改まって頭を下げた。

「よろしくお願いします！」

俺は曖昧に頷いたが、内心では自分を罵倒していた。まったく、なんで引き受けた？こんな何の得にもならん案件を。

高田の顔を立てようとしたのか、女子大生が心配になったのか、あるいは電話の向こうのおばさんの素朴な声にほだされたのか。

まあ、恐らく全部だ。

「あの、すみません、ケータイ番号教えてください！」

「教えてもいいが、ケータイを携帯する習慣がない。俺は大抵このバーにいる」

俺は〈ケラー・オオハタ〉の名刺を渡し、高田とともに歩き出した。

何度か原田がありがとうございます、と叫んでいるのが聞こえたが、もう俺はそれにいちいち答えたりはしなかった。

すすきの交差点を渡る。向から先にはアジア最北の大歓楽街、札幌はススキノのネオンが輝いていた。この街は日々揉め事であふれている。

俺はこの街のプライベートアイ。そう、探偵だ。

5

「よかったのか、引き受けて」と高田が電車の中で食べていたおかきの袋を小さく畳んでゴミ箱に捨てながら言う。

「おまえが連れてきた依頼人じゃねえか」

「そうだけど。ずいぶん簡単に引き受けたな、と思ってさ」

「……なんだそりゃ」

「だって、正直に報告できないだろ」

「まあ、でも連れて帰ってくりゃいいんだろ？」

「ヤバい男に囲われてるかもよ？」

「そしたらほら、高田、おまえの出番だよ」

何しろ、高田は俺の空手の師匠なのだ。こいつの空手の腕前があれば、大抵の修羅場はくぐり抜けられるだろう。

「え、俺頼みなの？　まさかの……」

「そりゃそうだろ」

「まあいいけどさ。で、連れ帰ろうとしていやだって言われたら？　その男のことが好きだったらどうする？」

「泣こうが喚《わめ》こうが連れ帰る」

「また出て行くだけだろ」

「知るかよ、依頼は捜しだせってことだろ？　いったん連れ帰ったらあとは恋人同士で解決すりゃいいんじゃないのか？」

「原田が可哀想だ」

「……じゃあその場合は見つからなかったことにしよう」

「それ詐欺じゃん。依頼料は発生してるわけだし」

「わかった。じゃあ全部正直に報告する」

「それも可哀想じゃん」

「どうすりゃいいって言うんだよ」

高田はしばらく黙った。こいつは俺にどうしてほしかったんだ？

「俺にはわかんねえよ。ただ、おまえが引き受けたからびっくりしたんだ」

「……断れねえだろ、あんなに馬鹿みてえにウブな顔して彼女を信じてるんだぜ？」

「そうだけど、やっぱ安易だな」

「あのなぁ、依頼持ってきたおまえが言うか？」

高田の言うとおりではあった。俺はこのありふれた依頼を、実に安易に引き受けた。

そして、この時の俺はまだ知らなかった。

後に、己の安易な判断を大いに後悔することを。


翌日、さっそく原田誠から入金があった。

「……一万八百円てのはどうだろう？」

俺は〈喫茶モンデ〉の看板メニューである、正しく不味いナポリタンを仏頂面でフォークに巻きつけた。味はともかく、腹が減ったらまずは炭水化物だ。お供はブラックニッカのハイボール。これで胃袋に隙間がなくなる。

「八百円て何だろうね？」

料理を運んできたウェイトレスの峰子《みねこ》が、俺の背後から通帳を覗きこむ。胸を押しつけるくらいに距離を近づけてくるのもいつも通りなら、スカートの丈が短いのも標準仕様。立ち去るときにいつもスカートの裾《すそ》を手で押さえつけているから、一応短い自覚はあるようだが。

「消費税だろ」

「気が利《き》く人じゃない」

　気が利くなら一万を三万にするとかもっとやりようがあるだろうに。まあいくらでもいいと言ったのは俺だから仕方ない。

「ごちそうさま」

「ええ！　探偵さん、もう行っちゃうの？　最後まで食べて行ってよぉ。残してるじゃない」

「胃が満タンだ。値段分は食べたよ」

　俺がカウンターにナポリタンとハイボール分の料金を置くと、渋々といった感じで峰子は金を受け取った。

　とにかく、依頼は依頼だ。安い依頼ほど早く片付けなくては、コスパが悪い。善は急げ。まずはしっかり昼寝。炭水化物を消化したら、聞きこみ開始だ。

　冬のススキノはあっという間に日が暮れる。そして日が暮れるとともに動き出す輩《やから》たちこそ、こういう時には頼りになる。

　手始めに、〈ピュアハート〉に関する情報を集めなければ。

　歓楽街でソープランド〈英雄好色〉の客引きの源《げん》とその舎弟オサムをつかまえるのは、金魚掬いで金魚を掬うより簡単だ。

　歓楽街をうろついていると、案の定、歩いて五分で二人に遭遇することができた。店の前の雪掻きをしたり看板を出したりと、店を開ける準備をしているようだ。

「よう」

「いよお、探偵！　かわいい子入ったぜ。たまには遊んで行けや」

　源がやってきて開口一番に言う。調子がいい。

「遠慮しとくわ。どうせ婆だろ？」

「いや、マジでかわいいんだ、これが」

「いくつ？」

「そりゃ、指名してのお楽しみ」

「パス！」

「三十八だよ」

「ホントはいくつだよ」

「へへ、四十六だよ。けどなテクがなまらスゴイんだって……一遍、体験してみろや」

「俺なんかじゃなくておぼこい兄ちゃんでも引っぱりこめよ」

　すると今度はオサムが割って入ってくる。

「不景気っすからねえ。でも、今年はファイターズ勝てそうっすねぇ！」

　源は俺の顔を見れば天気の話題代わりとばかりにファイターズの話を振ってくる。

「俺は野球選手じゃねえよ。それより、じつはこの子を捜してる。見たことないか？」

二人は写真を覗きこんだ。それから神妙な顔つきになる。

「知ってるのか？」

オサムは顔を上げた。

「今年のファイターズは百勝は行きますって！」

まだ野球の話が続いていたらしい。救いを求めて源を見たが、源もまた「ばぁか、百二十は行けるべや」などと合いの手を入れる。

「人の話を聞けよ、どうだ、見たことないか？」

二人は野球の話をやめ、もう一度義理といった感じで写真に目をやった。

「あー知らないっすね」とオサムが答える。

「ピュアハートって名は？」

「ピンサロ？　デリヘル？」と今度は源が尋ねる。こっちが聞いているんだよ。

「ネットじゃモデル事務所みたいなのしか引っかからない」

源とオサムは顔を見合わせ首を捻る。脈なしか。

「まあ、いろんな店ができては潰れてるからな」と源。「金くれるなら手伝うぜ、不景気でなんまら困ってんだわ」

オサムがもっともだと言うように頷く。足元見やがって。

「あんたの助手にしてくれよ、いい仕事するぜ」

「はたで見るほど楽な稼業じゃねえよ」

立ち去りかけると、源が「あ、そういえば探偵」と口を開く。

「あん？」やっと少ない手持ちを見せる気になったか。

「こないだスケベ教頭とっちめたってな！」

そんな話が源の耳に届くとは。ススキノの情報網はナイロンストッキング並みに細かいようだ。

「おまえの恩師か？」

「ありゃ有名な風俗王だ、裏も表も大抵の店は知ってっぞ」

昨日の容疑者は今日の神ということか。

「なるほど……サンキュ」

俺は礼もそこそこに早速近くにあった公衆電話から電話をかける。賠償金を踏み倒されないように連絡先を聞いておいてよかった。

十回鳴らしたところで、ようやく教頭が電話口に出る。

「もしもし」

やけに小さい声だ。職員室にいるのだろうか。

「俺だ、探偵だ」

「……お金は月末に振りこむって言いましたよね」

「ああそれはわかってるよ」

「……じゃあ何ですか？」

「あんた風俗王なんだって？」

「ちょっ……ちょっと……！」

教頭が電話の向こうで血相を変えているのが想像がついた。

「今まだ学校ですから……」

俺はわざと大きな声でしゃべった。

「風俗王のあんたに折り入って頼みがあるんだ」

「やめてくださいよ……大きい声で……」

「風俗王のあんただけが頼りなんだ！」

「や、やめてくださいってば！　わかりました。何ですか？」

「今から会える？」

「え……こないだの件チャラにしてくれるんですか？」

「んなわけねえだろ！　三十分後にあんたがおっぱい触った店で会おう」

「だからそういうことを大きな声で……わ、わかりましたよ」

三十分後、俺は昨日の容疑者が、本当に今日の神様だったことに驚いた。教頭は〈ピュアハート〉を知っていた。それも、常連だったのだ。

6

翌日、俺は〈ピュアハートモデルエージェンシー〉のビルの前にいた。円山《まるやま》の瀟洒《しょうしゃ》な一角にある洒落《しゃれ》た商業ビルだ。

「儲けてそうだなぁ……」

昨晩、ヤンヤンの接待を受けながら教頭と飲んで、この場所を聞き出した。俺が麗子の写真を見せながら、〈ピュアハート〉の名を出すと、すぐに教頭は心当たりのある顔になった。

——その子は知らないけど……ピュアハートなら、モデル事務所です……表向きは、ですけど。でもあそこは、社会的信用がないと入れませんから。

——たとえば、教頭先生みたいな？

——ええ、まあ。

まんざらでもなさそうな反応だ。まあ、社会的信用なら俺より教頭に分《ぶ》があるのは確かだろう。俺がおっぱい揉みの一件をＰＴＡに暴露しないうちは。

――つまり、教頭先生のご紹介なら、入れる、と。

――勘弁してくださいよぉ。

――あれ、日中関係、どうなってるんでしたっけね、今。

ヤンヤンがとなりから睨みを利かせてくれたのも大いに効果的だった。日中友好の架け橋だ。

おかげで俺はこうして、この場所に辿り着くことができた。

ビルに入り、エレベータで受付と書かれている四階のボタンを押した。エレベータの鏡で、自分の恰好をチェックする。

「さて、行きますか」

もう少し教師らしい恰好がよかっただろうか？

でも一応ネクタイはつけている。ネクタイなんて何年ぶりかにつけた。黒とグレーのレジメンタルストライプ。少し地味な気もするが、教師ならこんなものだろう。

エレベータに乗りこむ。俺は教師、俺は教師、俺は教師。三回念じてから降りると、両手を手前で組んだ折り目正しいスーツ姿の男がこちらに静かに頭を下げた。

そこは、高級家具店の商談スペースみたいなところだった。フルートの伸びやかなクラシックが小さな音でかかり、ラックにはデザインの一部のようにして美しい女たちの写真が飾られている。いずれの女性も、ここの商売道具と思われた。

「初めての方ですね？　どちら様からのご紹介でしょうか？」

教頭の名前を出すと、男はスムーズに俺を中の応接室に通した。その途中で男は自分がマネージャーである旨を伝えた。

「まさか教頭先生が当店を紹介されるとは。よほど信頼の厚いご関係なのですね」

「そりゃもう。職員室でこっそり風俗話で盛り上がる仲でしてね」

どんな仲だと内心突っこみつつも、マネージャーの笑顔からその嘘が受け入れられたことに安堵した。

「男性同士が打ち解けるには、昔から女性の話で盛り上がるのが一番でございますからね」

「そうなんです。社会人になってからはなかなかおおっぴらにはシモの話ができなくなるでしょ？　でも、思い切って話題を振ってみると、案外それまであった壁が取り払われたりするんですよね」

「わかります、わかります、私にも経験がございます」

社交辞令でどこまでも話を合わせてくる。胡散臭《うさんくさ》い奴だ。

「部活動なども教えてらっしゃるのですか？」

「女子バドミントン部の顧問をやってまして」

「それはお羨ましい」

「趣味のカメラで彼女たちの躍動する姿を撮るのが唯一の楽しみだったんですが、このご時世、妙な誤解をされかねないということで……。そんな折、うちの教頭からこちらのことを」

喋りたおす俺に、マネージャーはソファに座るように促す。

「教頭先生には大変お世話になっております。他ならぬ教頭先生からのご紹介ですからね。素晴らしい子をぜひとも紹介させていただきたいと思います」

「嬉しいなぁ、ありがたい……もう最近本当にたまっちゃってたまっちゃって」

「お察しします。こちらがプライベート撮影用のモデルとなっております」

俺はソファに腰を落ち着け、マネージャーが差し出した『個人撮影用』と書かれたカタログに目をやり、そのページを前からぱらぱらと開いていった。バストアップ写真と全身写真が各ページに掲載されており、顔やスタイルの好みから選べるのはなかなか気が利いている。

しかも、どのページにも、ふだんは滅多にお目にかかれない美人ばかりが載っている。厳選して雇っているのか、単に写真を盛っているのか。

「撮影内容は自由なのかな、たとえば……ヌードとか」

「モデル本人との合意次第です」

「つまり、合意すればどこまでも？」

「ええ。身体に傷のつくような行為以外でしたら、何なりと、お気に召すままに」

「ロープの痕は？」

「すぐに消えるものでしたら、問題ございません」

「ロウソクは？　鞭《むち》は？」

「その程度でしたら、三、四日で消えますから」

　麗子の通帳に振りこまれていた額が大きい理由もこれでだいたいわかった。いかにも高級会員制クラブで、紳士的な行為に限定しているふりをしてはいるが、実際にはかなり汚れたプレイも受け入れさせられているわけだ。

「コスプレもオーケー？」

「衣装も取り揃えてます、学生服、体操着、スクール水着なども」

「なるほどね……」

　最後のページをめくった。カタログの中に麗子らしきモデルはいない。当てが外れた。もう今は勤めていないということか。

　マネージャーに麗子の写真を見せてみることにした。

「こういう子いません？」

　その表情の露骨な曇り具合を見れば、何かワケありなのは十二分に理解できた。

「あいにく、こちらにはそのような子は……」

そんなはずはない。いま泳いだ目が何よりの証拠だ。

「諏訪麗子って言うんですが」

試しに名前を出してみた。

「……申し訳ございませんが、こちらのカタログからお選びいただきます」

なかなかしぶとい。

「この子は……？」

「カタログから、お願いします」

世の中には黙殺という名の嘘がある。この手の嘘の裏には、その分だけ匂い立つ真実が隠されているものだ。

これ以上押せば、さすがに嘘がバレる。

「……ここにはいないわけね。わかりました。……じっくり選んでいいですか？」

「ごゆっくり」

そう言ってマネージャーが席を立った。ちょうどいい。俺も仕事をせねばならないのだ。

「トイレお借りしますねー」

小声で誰にともなく言いながら、俺は席を立った。マネージャーの反応はあえて見なかった。ここまでくればどうせ怪しまれている。仕事を早くするのが先決だ。

奥へ進んでゆく。どこかに麗子が隠されているかも知れない。さもなくば、麗子の痕跡をとどめる何かが――。たとえば、どこの店にだって顧客データを管理している場所はあるはずだ。

細い通路に出る。パーテーションであることを誤魔化すためか、マグリットを意識したような前衛的な風景画が一点展示されている。さらに角を曲がると、ひときわ大きな円形のロゴも飾られていた。何て書いてあるんだ？「北」の字の下は……「城」だろうか。この店のロゴとも思えないが……。

そんなことを考えながら右手に折れると、突き当たりに、《スタッフオンリー》という文字が見えた。

ここになら、麗子にまつわる情報が眠っているかも知れない。

「どちらへ？」

背後から声をかけられた。美しい声だ。凛とした意志を感じる。振り向いて、その声の主を確かめた。声の印象にたがわぬ、気品と艶の共存した美女が俺を見ていた。

華奢な体型なのに、身につけた黄金色のコートにも負けない絢爛《けんらん》たる気風が漂っている。ウェーブのかかった長いダークブラウンの髪、小顔のなかで深海に眠る黒真珠のごとき存在感を放つ瞳、くっきりとした鼻筋、それ自体が高級デザートなのではないかと疑いたくなるふっくらとした唇……。

そのすべてが、俺を誘っているようだった。危険な女だ、とすぐに感じた。魔性の魅惑の中にほんのわずかな純情が見え隠れする。単なる小悪魔よりよほどタチが悪い。

「ええと、美人を探して……たら君がいた」

女はその言葉に微笑を浮かべた。なぜだろう、その笑顔を見たとき、彼女が俺に対して初対面の相手とは思えないくらいの親しみを抱いているように感じられた。百戦錬磨のツワモノというだけかもしれないが、それにしてもあまりにすっと懐に飛びこんでくる柔らかな笑顔だった。

「そちらはオフィスだけですよ」と彼女は言った。

「……あ……極度の方向音痴なもので」

反対側からマネージャーが俺を追ってやってきた。不審に思われたか。まあ思われるわな。そこは想定内だ。

「モデルはお決まりですか？」

心なしか、マネージャーの口調がさっきより高圧的に感じる。今日のところはここらが潮時だろう。

「また今度にします。みんなかわいいから迷っちゃって」

俺は、女の横を通り過ぎた。甘いなかにも爽やかさの漂う香水の香りは、この女の魅力をよく理解し、高めていた。

「お似合いですね、ネクタイ」

「どうも。あんたの香水もね」

わずかに驚いたように彼女は俺を見返した。視線が重なるというのは、男女間においては、時にそれだけでも三回のデートに勝る重要な意味をもつ場合がある。今のがそうかどうかは、後になってみないとわからないけれど。

エレベータに乗って一階のボタンを押しながら、改めてさっきの女の顔が思い出された。初対面のはず。なのに、どこかで昔会ったことがあるような気がした。もっとも、男というのは美人に会うたびに、そんなふうに都合よく記憶を改竄《かいざん》したがる生き物ではあるのだが。エレベータがゆっくり下降するあいだ記憶の引き出しを漁ったが、それらしいものは見当たらなかった。記憶と幻影は紙一重。今のは幻影だったようだ。

俺は建物を出てから、改めて自分の締めているネクタイを見た。

——お似合いですね、ネクタイ。

そんなに似合ってねえだろ。

嫌味か。

やっぱり教師に見えなかったか？　マネージャーもにこやかに対応していたが、後半からは明らかに俺を怪しんでいた。もっとも、それは俺の恰好より、麗子の名を出したせいだろうけれど。

ともかく、これでようやく麗子の実入りがよかった理由はおよそわかった。

〈ピュアハート〉は要するに『個人撮影』と称して顧客の自宅やホテルにモデルを派遣し、あとは本人同士お好きにどうぞという実に画期的なビジネスであるわけだ。
問題は――いま現在、麗子はここに務めているわけではないということだ。そして、その理由を恐らくさきほどの美女とマネージャーは知っている。

7

肉の焼ける音が、冬の寒さを焦がして消そうとしていた。

「まあ、そういう店だった」

高田と向かい合い、ホルモンをつまみにサッポロクラシックを胃袋に流しこむ。煙たい焼肉店にて本日のサミット開催だ。まず俺が今日の出来事を伝えた。教頭から聞き出した経緯を話したから、それだけで二十分。ホルモンが出てきて、あらかたを食い尽くすくらいの時間が経った。

その間、高田は首をわずかに動かす程度の反応しか見せていなかったが、いま焼いている最後の肉を網から自分の皿へと引き取ると、首を傾げた。

「それ、デリヘルやホテトルとどう違うんだ?」

「名前が違うだろ」

高田は納得した様子がない。名前の違いは案外重要なのに。

「まあいいや。で、今はそこにはいない、と？　やめたのかな」

「やめたら、そう言うさ。ただやめたんじゃないってこった」

「喧嘩してやめたとか？」

「バーカ。この業界じゃ女が消えるのは日常茶飯事だよ。優しいおじさまに日当たりのいい1LDKでももらったのかもな」

ヤクザに囲われたら、その娘は汚れた仕事から手を引ける。いいような、悪いような、まあそんな簡単に割り切れるものでもないが。

「その予測が当たったら、かなり、原田に言いにくいな」

「だな。でもその線は濃いと思っておいたほうがいい。そうでなくても、ろくな女じゃないことは間違いないんだ。おまえ、後輩がかわいいなら、今からでもアドバイスしてやったらどうだ？」

「……俺パス。そんな残酷な真似できない」

「どっちが残酷なんだよ。彼氏裏切ってこっそり売春やってる女を黙って『見つけたよ、よかったな』って返すのと」

「一生気づかなかったら幸せだろ？」

俺は高田の発言に言葉を失った。いつの間にか、俺は原田の幸せを外野の見え方から捉えようとしていたからだ。原田がよければ、いいのか……。

考えてもみなかったな。

「そろそろ出るか」

俺は腹をさすりながら立ち上がった。このところ、酒の飲みすぎかあまり胃腸の調子がよくない。胃腸薬は〈ケラー・オオハタ〉に常備してある。戻って胃薬を飲んでおいたほうがよさそうだ。

「え、もう？」

「なんか、食欲ねえわ」

「飲みすぎなんだよ、いっつも」

「しょーがねえだろ？　アルコールさんが俺の胃袋が居心地がいいって言うんだからよ」

「絶対言ってない」

高田は急いでまだ焼いていない残りのホルモン数切れを焼き始めた。

焼肉店を出て雪の降り積もったススキノの街を歩きだす。腹を満たしたら、あとは〈ケラー・オオハタ〉で締める。お決まりのコースだ。お互い無口だった。考えていることはだいたい同じだ。

「原田に何て言うかなあ」

先に考えていることを口にしたのは高田のほうだった。

「な。でもまあ、珍しいな、おまえが後輩のために一肌脱ぐなんてよ」

「……普通だろ」

「普通ねぇ」

高田にも人間らしい一面があったということだ。誰でも青春は通る。青臭い時期があれば、正直者の間抜け青年に対して何らか思うところもあるのだろう。

「探偵……なんか……」

「ん？」

「やばくない？」

「何が……」

言いかけて俺は周囲を取り囲む男の気配に気づいた。それも複数。引き返しかけたが、その道も断たれていた。店に入る前から尾《つ》けられていたらしい。

相手が尾行する気でいたら逃げられない。そういうものだ。ただし、袋叩きにされるかどうかは、力量次第。

「さて、全部で七人。どうする、高田」

「……減らすか」

まずこの中でどれがリーダーなのかを見極めることだ。いざとなったらそいつの首根っこを押さえれば雑魚《ざこ》は散らせる。と思っていると、ありがたいことに長身の男がリーダー格であることを示すように全体の動きを手で制した。おまえがリーダーか。

だが、その隣にいる、金髪頭をした痩身の若者が視界に入る。スーツを着た男たちの中で、一人だけボアコート姿でフードを被っているのが何とも場違いで異様だった。女かと思うほどに整った顔立ちと妙に不遜な態度からは苦労知らずのボンクラといった印象を受ける。どこかの金持ちの息子がグレて始末に負えなくなったのを拾われたといった感じだろうか。

身の程知らずな締まりのない笑み。態度の生意気さでは群を抜いているが、裏を返せば、あの若さでそれだけの態度が許されているということかも知れない。

長身の男が一歩前に出た。

「うちのモデルに何の用だ？」

「あん？」

〈ピュアハート〉の人間らしい。やっぱり店にいた段階からマネージャーは俺の言動を怪しんでいたのか。で、俺が店を出たらすぐに電話をかけ、こいつらに尾行させた、と。

「どこのモンだ？」

ヤクザの仲間だとでも思っているようだ。蛇の道は蛇。つまり、奴らもヤクザの系列ということだろう。これはますます原田には正直に報告しづらい。いや、原田のことなんか今はどうでもいい。まずは、この危機を俺たちが乗り切れるかどうか。

「大きな独り言だね」

名も知らぬ相手には、こちらも名乗る義理がない。俺はそのまま奴らの間を通り抜けようとした。

「ちょっと待てコラ」

下っ端の一人に肩を摑まれた刹那、俺は素早く右手の拳で倒した。高田も同様の行動をとったらしく、もう一人倒れている。

ほかの手下たちが焦りつつも俺たちめがけて飛びかかろうとする。

「あと、五」と高田がカウントする。

ところが、そこでリーダーの男が動きを制し、その隣にいた青年に声をかけた。

「波留《はる》、行け」

「手加減できないけど、いいんすかね、工藤《くどう》さん」

「かまわん、やれ」

波留と呼ばれた男はニコニコしながら俺たちのほうへとやってくる。

「聞こえました？　手加減しなくていいんですって」

「しっかり聞こえたよ。誰も手加減されるとは思ってねえけどな」

波留とやらはその言葉にますます上機嫌の笑顔になった。何だコイツ、気味の悪い奴だ。

「何か可笑しいか？」

「こういう顔なんです」

ならもっとおかしな顔にしてやろう。俺はふたたび右手の拳を振るった。だが、その拳は空を切ることになった。一瞬、波留の姿が消えたように見えたが、それは奴がしゃがんで俺の攻撃をかわしたからだった。

次の瞬間に起こったことは何が何だかわからなかった。気がつくと俺は顔面に強い衝撃を受けて空中に舞い、雪で覆われた路面を滑って仰向けに倒れる羽目になった。

「……高田君、出番だよ」

悪いが俺はここで一回休みだ。

俺に言われるまでもなく、高田はすでに波留に向かっていた。どんな敵でも、高田より強いなんてことはそうあるもんじゃない。

そうあるもんじゃ……。

やばいか？

波留が高田の繰り出した正拳を難なく払いのけたのを見て確信が揺らぐ。次に高田が回し蹴りをすると、波留はその軸足を蹴り払って横転させ、背中をさらに蹴り上げた。

高田が俺の前まで吹っ飛ばされるのを見たのは初めてだった。危険信号か。いやいや、うちの高田がこんなところで……。

「ああ……これ無理だ」

「え？」

思わぬ高田の弱気な発言にわが耳を疑う。

「強い」

「諦めるの早すぎるだろ、もうちょっとやってみないと」

「やらなくてもわかるよ、強いもん」

「もうちょっとやってみろって！」

俺は無神経なセコンドよろしく高田をふたたび送り出した。

だが、束の間、高田は波留の回し蹴りの前に玉砕。またしても俺の前へ飛ばされてくる。

なるほど、高田の言ったとおり、闘わなくとも高田より強いことは明白だったようだ。

だが、そんな冷静な分析をしている場合ではなかった。

すでに周囲を取り囲む男たちは、その輪を狭めてきている。

そうこうしている間に俺は手下たちに押さえこまれてしまった。先ほど波留に工藤と呼ばれていた背の高いリーダー格の男が俺の背後に回って髪を摑み、目にアイスピックを近づける。

「どこのもんだって聞いてんの」

しつこい野郎だな。こっちが諏訪麗子の存在を嗅ぎつけたからって、どうして別の組の存在を勘繰《かんぐ》られることになるんだ？　たかが女子大生じゃないか。何だってそんなに夢中になって隠そうとする？

「……どこのもんでもねえよ……」

近い、近すぎるよ、やめろ。そんな勢いよく振りかぶるんじゃない。よせ、本気かこいつ……。

工藤は高々と振り上げたアイスピックを素早く振り下ろした。

「あああああああああ！」

死んだ。俺は、死んだ。たしかに。

ただ、予想外の死に方だった。

死んだのは俺の尻だった。振りかぶっておいて尻に刺すとか、何考えてやがる。脂肪で守られた部位とはいえ、その痛みは脳内に無数の花火が打ちあがるほど鮮烈だった。

「誰に頼まれたんだ？」

「麗子ちゃんが可愛いって聞いたから行っただけだよ」

工藤はまた尻を刺した。また頭のなかで花火が上がる。いや、花火師が失敗して爆破事故を起こした感じだ。つまり、俺の尻がふたたび死んだ。爆死だ。休む間もなく、この男は何度も立て続けに尻をアイスピックで刺し続ける。

「痛い痛い痛い！」

飛び上がるも、髪をしっかり掴まれていて逃げられない。

「誰に頼まれた！」

また刺そうとする。やめろって。俺の尻はそう何度も死なない、そのうちゾンビになっておまえを呪いだすぞ。言いたいことは山ほどあるが痛くてどれも言葉にならない。もちろん、誰に頼まれたかも言えない。

「やめなさい」

背後から響いた女の声に、工藤が反応して刺そうとする手を止めた。俺の尻にも、救いの女神がいたようだ。

振り返り、その存在をたしかめる。

そこにいたのは、〈ピュアハート〉で出会ったあの女だった。今の彼女は、あの時は微塵も感じられなかった、統率者として他を圧する空気を纏《まと》っている。そして、そんなときですら、やはり彼女はその場全体を虜《とりこ》にするくらい魅惑的だった。

「工藤ッ！」

女はキツい声を出す。何と、このリーダー格の男を呼び捨てにするとは。とすると、この女は工藤よりさらに偉い奴のスケってわけか。

工藤は不満そうにアイスピックを収める。そうそう、女神の命令はちゃんと聞くもんだ。

「ごめんなさいね、誤解があったようで」

厳密に言えば誤解ではない。正直に言わないからやられたんだ。でも黙っておいた。

「所属モデルのプライバシーは他言できないことになってるので……」

「麗子はどこにいるんだよ？」

「……麗子のことは、私たちも心配で捜してます。何かわかったら教えてください」

彼女は名刺と万札数枚を俺に握らせた。

言葉通りに受け取るなら、彼女たちも麗子の行方は知らないということになる。だが、もし本当にそうなら、俺たちを痛めつけるのではなく、彼女の行方を知らないかと聞き出そうとするのが筋じゃないだろうか？　それなのに、俺たちを別の組の者と決めつけて襲撃してきた。おかしな話だ。

彼女は工藤たちとともに去って行った。

その去り際の顔に、俺の記憶が反応した。やっぱり会ったことがあるのか？　一見、同一人物とは思えない女の顔が浮かんだのだ。しかし、その女が誰だったのか俺には思い出すことができなかった。

俺は日々いろんな人間に接している。その数は日に日に増えているから、どれか一つの記憶を呼び出すのも簡単なことじゃないのだ。

俺の脳裏をよぎった女はどこの誰だった？

渡された名刺には『オーナー　岬《みさき》マリ』とあった。

「……岬マリ」

聞き覚えのない名前だ。

「惚れたとか言うなよ」

高田が、珍しくぼこぼこになった顔でぼそりと言う。

「冗談じゃねえよ馬鹿野郎」

名前を見ても、やはり思い出せなかった。もっとも、酔っているときに会った女のほとんどはそうなのだが。

「うわああ……」

高田が俺の尻を覗きこんで悲鳴をあげた。

「ひどい？」

俺の問いに答えもせずに高田は傷口に触れた。俺の呻き声が闇に轟いたのは、言うまでもなかった。

8

ケツをやられたと言ったら、なぜか〈トムボーイズ〉のフローラたちが〈ケラー・オオハタ〉に飛んできた。〈トムボーイズ〉はススキノではちょっと名の知れたゲイバーだ。以前、店で人気のオカマちゃんが殺されるという悲しい事件があってからしばらくはしんみりした空気が流れていたものだが、今はすっかり元通りの華やぎを取り戻していると聞く。

フローラの七色インコみたいな恰好は、その源氏名のとおり、花のごとき存在でいたいという意思の表れだ。取り巻きのお姉さま方も、右に同じといったところ。

ありがたいのかそうでないのかはよくわからないが、フローラたちお姉さま方は、嬉々として俺の怪我の手当てをしてくれた。

だが、一度など俺を従業員として働かせようとしたことがあるくらいだから、親切に介抱してくれたからといって油断は禁物。それこそ本当に掘られかねない。

高田はそんな俺の不安をよそにビールなど飲んでいる。

「ひどいわねえ！　どういう趣味かしら！」

趣味でアイスピックを打ちこむ奴がいるか。

「フローラ、優しくお願い……！」

「任せときなさい、お尻の手当ては名人なんだから！」

「さすが靖太郎《やすたろう》」と高田がロフトから囃《はや》す。

フローラの本名だ。

「その名前で呼ぶなって言ってんだろ！」

フローラ・靖太郎はドスの利いた声を出す。しかし、その声とは裏腹に、治療は極めて丁寧だった。なかなか慣れている。老後の世話も頼みたいくらいだ。

ビールを飲んでいた高田がちょっとだけこちらを見た。見るなよ。目で訴えると、高田はふっと笑った。嫌な野郎だ。

だが、高田もそれなりに怪我をしている。奴があんな目に遭うなんて珍しい。そう言えば、〈ケラー・オオハタ〉に着いてからずっと高田は黙りこんでいる。どうやら、さっき波留って奴に完敗だったのがショックなようだ。

「で、誰にやられたって？」とフローラが訊く。

「ピュアハートってモデル事務……」

「ああ！　ダメよ、あんなとこに手出したら！　ケツもちがヤバいんだから」

「どこだ？」

「花岡《はなおか》組の系列よ」

花岡組っていうのはススキノのなかでも、桐原《きりはら》組と静かにしのぎを削る二大勢力の一つだ。関西系なのに、いつの間にか幅をきかせるようになった。

そんな大組織の連中が、たかがバイトの女子大生がいなくなったくらいで慌てふためいている。やっぱり何かあるんだろうなぁ。

「素人小娘一人の失踪で、怖いお兄さんたちが大騒ぎなんだが、なんか知ってるか？」

「ヤバそうな話には首を突っこまないのが、この世界で長生きする秘訣よ」

「それはそうだが、もう突っこんでるし、ケツに突っこまれてもいる」

「穴まで開けられちゃったもんね」

〈トムボーイズ〉の面々は何が楽しいのか顔を見合わせて大笑いし始める。呑気な連中だ。

「何でもいい。何か情報を知る手立てはないかな？」

ようやく笑いを止めると、フローラは「それなら私たちじゃない人を当たったほうがいいわね」と言った。

「たとえば誰だよ？」

「そんなこともわかんないの？　探偵のくせに。餅は餅屋、あなたのお友達に聞いてごらんなさいよ」

誰のことを言っているのかはすぐにわかった。

高田がスマホを俺に差し出し、かけろと促してきた。こういう時ばかり気の利いたアシストを寄越しやがる。

「……気軽に電話するような仲じゃねえよ」

事実だった。だいたい、電話するとろくなことにならない。

「勇気出して訊いてみろって。久しぶり、元気だった？　て」

「元カノみたいに言うんじゃねえよ」

むろん、腐れ縁の老舗ヤクザ、桐原《きりはら》組若頭のことだ。

俺は渋々スマホを受け取って電話をかけた。

低く渋い声が電話口に出る。

「……あ、相田《あいだ》か……久しぶり、元気だった？　あのさ、ピュアハートってモデル事務所……」

思ったとおりだ。軽々しく電話なんかかけるべきではなかったのだ。

9

「なんで――！　なんでなんだ――！　ちょっと聞いただけなのに――！」

強風に負けじと俺は叫んだ。

電話をかけた翌日のことだ。

石狩湾の漁港に連れていかれた段階で嫌な予感はどんぶり山盛りにあった。

そして、予感どおり、俺は漁船の舳先にボクサーパンツを穿いただけの情けない姿で十字架のように縛り付けられて悲鳴を上げる羽目になった。

俺の悲鳴なんぞ、北海道の冬の荒波の前ではどこにも聞こえやしない。無数に飛び交うカモメの甲高い声のほうがよほどよく聞こえるだろう。このまま海中深くに沈められたって誰ひとり気づかないかも知れない。

泣き叫ぶ俺を漁港から若頭の相田とその手下のブッチョらが眺めている。相田のコートをこんなにも羨ましく感じたことがあっただろうか。

ありがたいことに、船は沈むことなく岸へと戻っていく。相田たちとの距離が、ふたたび近くなる。

相田は俺の言葉に機嫌を悪くしたのか眉間に皺を寄せる。いや、もうつねに寄っているからまあそこはあんまり区別がつかないのではあるが。ひょろっとした体つきだが、潜り抜けてきた修羅場の数では道内随一と言ってもいいかも知れない。

相田が軽く手を上げた。引き上げてくれる合図か――と思ったら、船がもう一度海へ戻り始める。

「やめて！　お願い！　この時期の北海道の海は本当に死んでしまうから――！」

大騒ぎの末、ようやく沖に上げてもらえたのは三十分後のことだった。水揚げ場で震えながら毛布をかぶり、ストーブに当たって、それでもなお一度失われた体温が戻らずに歯をがたつかせていた。

「気持ちいいだろ、海の風は」

「こ……こ……ころす……」

「礼はいいってことよ」

言ってないだろ。

「海水浴もするか？　絶好の海日和だ」

俺は必死で首を横に振った。海で泳いだら今度こそ死んでしまうだろう。俺の目の前では、相田、ブッチョら強面《こわもて》の面々が並んでこちらを睨みつけている。

「その仕事、手を引け」

相田が唐突に本題を切り出した。

「な、な、な、な」

何を一方的に言いやがると思ったが寒すぎて言葉が出てこない。

「キタジョウの野郎を刺激するなって言ってんだよ」

「キ、キタジョウ……？」

誰のことだ？　まったく聞いたことのない名前だった。

いよな？」

「何も知らねえのか。まあ、物質名がわからなくても毒と言われて口に入れる馬鹿はいな
「そ、その、キタ……キタなんとか……ってのは……」

「キタジョウな」

「そ、そ、そいつは……毒なのか？」

舌がまったく使い物にならなくなっている。自分でもコントロールが利かない。

「そういうことだ」

「なんで……？」

「今ウチと花岡はやばいんだ。やめとけ」

それから突然、相田はぼんやり腰かけながら粉末クリームの蓋と格闘していたブッチョに、なんでフレッシュじゃなくて粉なんだとかキレ始めた。相田は年中こんなふうに怒っている。よくエネルギーが切れないものだ。ひとしきり寸劇が終わると、相田は「もう！」とヒステリックな母親みたいに悪態をつきながら俺のほうに向き直った。

推測するに、〈ピュアハート〉のケツもちは花岡組系列のキタジョウというヤロウであり、そして現在、相田たち桐原組と花岡組は、なにやら一触即発の事態に陥っている、ということのようだ。

「悪いなフレッシュじゃなくて」

俺に出すコーヒーのことで怒っていたようだ。優しいか恐いかどっちかにしてくれ。

「まったく、やたら動き回る道化のせいでこっちはいい迷惑だ」

「何をも、も、揉め、揉め……」

言い返したかったがダメだ、唇の感覚がまだ戻らない。

「新聞読め。読み方は縦に一行ずつ右から左へ読み、一段終わったら下の段の右端へ」小学生扱いか。「とにかくだ、ウチと多少なりとも縁のあるおまえが、花岡の売春機関をつついて跳ね回るってのは非常にまずいわけだ。わかるな？」

「……わ、わかった……手を引く……毎回こういうやり方しなくても、言ってくれれば手を引くから！」

「大人しく引き下がったことねえじゃねえか！」

そうだったか？　脳みそというのは年々都合の悪いことは忘れるようにできているらしい。そこに黒のベンツがやってくる。相田やブッチョたちが姿勢を正し、頭《こうべ》を垂れた。

後部ウィンドウが降りて、桐原組長が顔を見せ、俺を手招きした。一見、目の優し気なナイスミドルだが、怒らせたが最後誰も手がつけられなくなる。本日も紋付袴《もんつきはかま》に赤いマフラーというまさに和製ゴッドファーザー然とした出《い》で立《た》ちでご登場だ。俺はよたよたと車のそばへ移動した。

親分までお出ましとは、よほどまずい釘《くぎ》を踏んでしまったようだ。相変わらず、穏やかなご面相だが、顔色一つ変えずに借金まみれのクズを海に沈めることもできる御仁だ。

「く、く、組長……ご無沙汰してます」

「娘がな、婚約した。相手はギター弾きだ」

「そ、それは……おめでとうございます」

「が、破談になった。不運にも相手の男が事故に遭ってな、ギターが弾けなくなっちまったんだ」

弾けなくしたのが誰なのかは、尋ねるまでもない。たしかにそいつは不運な事故に遭ったのだろう。組長の娘も、お年頃だろうにずいぶんと組長の寵愛を受けちまってるな、かわいそうに。この世でもっとも厄介なのは娘をもった過保護なヤクザで、桐原組長はその典型みたいなものだ。

「おまえも気をつけろよ、後ろからドーンとやられるかも知れんからな」

それだけ言い残して、車は走り去った。

相田の腐れ縁とはいえ、そんなことは桐原組長には関係ない。切るときは切るというわけだ。

「……とっても気をつけます」

気をつけて、調査を続けます。依頼はもう引き受けちまったからな。

「本当だろうな？」

相田が俺を睨んだ。

10

身体の寒気が完全に消えると、人間、今度は眠くなる。こういうまともに仕事ができなそうな日は、〈喫茶モンデ〉でだらりとながら仕事をするに限る。スタルカをストレートでひと息に飲んだおかげで寒さは凌いだが、頭の回転のほうは眠気と酔いでかなり緩慢になった。

俺が何となく名刺を眺めていると、ウェイトレスの峰子が新聞の束を置いていった。

「サンキュー」

「探偵さんがそこで死人みたいな顔してたら客が来なくなるから、せめて新聞でも読んでてちょうだい」

「へいへい……」

俺はすでに新聞を一つ手にとって早くも読みだしていた。こうやって俺がぼやぼやしている間にも世界は回っている。内閣は相変わらず説明責任を放棄しているし、大国の新しい首相は馬鹿げた挑発を四方八方に繰り返している。まったく混沌とした情勢だ。

一面を読み飛ばして二面、三面と頁を捲《めく》っていくと、道内の記事の頁に辿り着いた。下のほうにはヒグマのナントカに赤ちゃんが生まれたとか、流氷公園でイベントがあるだとか、そういう比較的穏やかな記事がある。

その上の、わりに大きな記事に目がいった。

「北竜町の国道二三三号線付近で、株式会社北城水産《きたじょうすいさん》の冷凍トラックが襲撃され、運転手が射殺……殺害されたのは、同社取締役、椿秀雄、四十八歳……」

北城水産……か。

——キタジョウのヤロウを刺激するなって言ってんだよ。

相田の言葉が脳裏をよぎる。これか、相田が新聞を読めと言っていたのは。北城と書いてキタジョウ。ふと、〈ピュアハート〉の廊下で見たでかいロゴが思い出された。あれは北城の経営する店だったんだな。

北城水産ってのは、その北城って男が牛耳っていて、なおかつ花岡組の息のかかった会社なのだろう。そこの取締役の男が殺されて、奴らはナーバスになっている。たぶん殺されたのは、トラックに載せていたものと関係しているんだろうな。

そこまではわかる。

だが、そこに麗子はどう関わるんだ？

なぜ男が殺されると、麗子の行方に神経を尖らせることになる？

峰子が俺の隣に座って記事を見る。いちいち距離が近いが、それも彼女にとっては標準仕様だろう。

「奪われた積み荷はロシア産の毛蟹だって。毛蟹おいしいもんね」

「密漁モノだったんだろう」

「密漁モノ？」

「密漁毛蟹ってのはな、ヤクザ屋さんたちの重要なシノギなの。その利権で揉めたら、死体の一つや二つ出たって全然おかしくないんだわ」

毛蟹を狙って、何者かがトラックを襲撃し、運転手を殺した。その結果、麗子は——どうなった？

「毛蟹おいしいのにね」

「好きか」

「大好き、身がぷりぷりのやつ。いつ食べに行く？」

「行かねえよ」

「ぷりぷりよ？　ほら？　ね？　ほら」

毛蟹の話じゃないのかよ。艶《なま》めかしい腰つきをしてみせる峰子の顔を新聞で軽く叩《はた》いてから、俺はまた記事を読みふける。

殺された椿って奴も、一応取締役って肩書がついているわけだから、それなりの重要なポジションにある人間だったはず。少なくとも下っ端ではない。

麗子の失踪との関係はつかめないが、たまたまにしてはできすぎている。

こういう時は、北海道日報のあいつが頼りになる。

「なに怖い顔してるの？」

峰子が顔を寄せてくる。

「いや、どれくらいぷりぷりかと思ってな。まあまあだな」

「まあまあとは何よ！　もう！」

怒ったように峰子が離れていった。なかなかだ、と言ってやればよかったか。俺は店のカウンター脇に設置された公衆電話に百円を入れて電話をかけた。

「はい北海道日報……」

「俺だ」

「よう、探偵。ケツに穴が開いたそうじゃねえか」

「情報早いな」

恐らく、〈トムボーイズ〉の誰かから聞いたんだろう。

「なあ、最近、北城水産の人間が死んだ事件あったろ？　あれのことでちょっと聞きたいんだけど」

「依頼と関係してるのか？　やめといたほうがいいぞ」

「みんなそう言うんだけどな。もう引けないんだわ」

「……何が知りたい？」

「とりあえず、北城って、どういう奴？」

電話の向こうで溜息をつくのがわかった。

「これから暇か？」

11

小学生というのは、こちらからは想像もつかないくらい体がよく動く。羨ましい限りだ。

「下がるな！　体で止めろ体で！　そうそう！　諦めるなよ、食らいつけ！　気持ちだぞ気持ち！」

威勢よく少年たちに檄《げき》を飛ばしている中年の男に俺はそれとなく視線を走らせる。じっと見るのはやめたほうがいい。見られている人間は、見ている人間よりそのことに敏感なものだ。

インテリ風のフチなし眼鏡は、その目に宿った冷酷なサディズムを覆い隠すアイテムだろうか。だとしたら失敗している。ワインレッドと黒のストライプのシャツに黒のチョッキというマフィアスタイルから何とかしたほうがいい。おかげで、この男がチームオーナーでもある北城仁也《じんや》その人だとすぐに察することができたわけだが。

俺たちは、さっきから北城を観察するために、たいして興味もないアイスホッケーのゲームをスタジアムの二階席から眺めているのだ。

隣にいるのは、なじみの北海道日報記者・松尾《まつお》。ネタを互いに提供し合う、いわば相互ネタ元というやつだ。スーツの下にワインレッドのセーター。もちろんいつも通りのタートルネックだ。さりげなくも洒落たコーディネートを心掛けているのは、要するにこいつが所帯持ちのくせにいまだに現役感覚が抜けないからだ。新聞記者の世界で生き抜くにはそれくらいのバイタリティが必要だということだろう。

「北城グループ社長、北城仁也。慈善活動大好き。札幌経済界のホープだよ」

松尾に北城のことが知りたいと言うと、この場所を指定された。

「どこから湧いてきた？」

「海産物でしのいでた田舎ヤクザの息子でね、それが飲食業の多角経営で時流に乗った」

松尾はそっと俺の膝に経済雑誌を置いた。北城のインタビュー記事がそこに載っていた。大げさな見出しが目を引く。『転んでも起き上がる』『諦めなければ夢はかなう』などなど……。汗臭いエピソードで金と暴力の匂いを消そうってわけか。

「夢がかなったのは、花岡組の盃《さかずき》もらったからだろ」

「その通り。恐喝、売春、密貿易その他諸々やりたい放題」

「密漁毛蟹も仕切ってたわけだ。強奪犯の目星は？」

「記者クラブにはまだ降りてこないが、単独犯、足跡は登山用ブーツ、二七・五センチ。タッパのある男だな」

桐原組のなかにそういうタッパのある男は——心当たりがありすぎた。だが、相田の口調は自分たちが何かをけしかけた雰囲気ではなかった。

「……警察も、桐原組がやったと見てるのか？」

「違うと言いたいのかい？」

「花岡に戦争ふっかけるような真似するとは思えねえな」

「末端のはねっ返りが武勲目当てにって可能性は？」

「あそこは統制だけは取れてるんだ、時代遅れの任俠《にんきょう》のいいところさ」

松尾は桐原組の犯行と決めつけていたらしく、混沌に叩きこまれたような顔になる。

「……で、何を調べてる？」

タッパのある男と聞いて真っ先に浮かんだのは工藤だった。北城の内紛の線はないのだろうか？　だが、そのカードを記者に披露するには時期尚早だ。

「……この件に、女が絡んでるなんて話はないよな？　女子大生とか」

「あるよ」

「あんのかよ……」

「漁港で積み荷を手伝った男の証言に、椿は若い女と一緒だったってのがある。警察も捜してる」

俺は頭を抱えた。悪い予感ほど的中するのは、職業柄わかっていた。それでもこの的中は大凶を引いたようなものだ。

「知ってるのか？」

「いや」

この嘘はさすがに通用しないだろう。案の定、松尾は俺に誘い水を向けた。

「深いネタを教えよう。殺された椿って男、ただの運転手じゃない。……北城の昔からの右腕。裏舞台トップの武闘派。毛蟹の運ちゃんじゃいかにも役不足……つまり、はたして積み荷は毛蟹だったのかってことだが……」

松尾は俺の顔色を見た。大凶ここに極まれりといったところだ。人間、あんまり運が悪いとさすがに何も言えなくなるものだ。

「俺が言えるのはここまで。そっちがネタを提供する気になったら、続きを教えてやるよ。ギブ＆テイク」

そう言って立ち上がった松尾は、去ろうとしつつホッケーの試合に見惚《みほ》れていた。この野郎は所帯持ちの癖に両刀使いときている。

「はあぁ……小学生とはいえぶつかり合う姿は男だねえ」

「未成年はやめとけ」

ネタ元が減るのは困る。

「めでるのは自由でしょ」

ごもっとも。めでるのは――。

俺はそのとき、岬マリのことを考えていた。整った顔。強い意志を感じさせる瞳、そして肉感的な唇――。

めでるのは自由。それ以上はどうだろう？　そんな可能性を検討するのは、存外久しぶりだった。

12

アイスホッケーの試合の後も、俺はずっと北城の行動を監視し続けた。北城の熱の入れようはよくわかった。ただ、少年たちがそれを内心で煙たがっていることもよくわかった。精神論だけは立派だが、スポーツに対する知識はさほど持っていないのだろう。

北城とその部下たちは、一度自分たちのオフィスに戻った。だが、オフィスに立ち寄ってからまた車で移動し、ススキノの一等地にある高級蟹料理店に入っていった。

俺が店に入ったのは、奴らが入った数分後だった。店員が奴らのいる一階の席へ案内しようとするのを断って、吹き抜けから一階を見下ろせる二階の席を希望した。上から見たほうが気づかれにくいし、奴らの様子もよくわかる。

店内は仄暗い照明が灯る、秘密の洞窟みたいな空間だ。北城たちは三つのテーブルを使用していた。

入口に近いほうのテーブルには、工藤と手下たち。

そして、北城のいる真ん中のテーブルには、数名の女の姿があった。

北城の右隣に——岬マリの姿があった。彼女はかすかに硬い表情で、赤ワインを飲みつつ、北城の話に相槌を打っていた。時折、テーブル中央の網にのっている蟹を中心とした魚介類の焼き具合を確かめ、裏返したりもする。

やはり、マリは北城の女なのか。そりゃあそうだろう。そうでないと、工藤があんなに平身低頭するわけがない。マリが北城の女になったのは、彼女の年齢を考えてもせいぜいこの二、三年。どう見積もっても工藤と北城の付き合いのほうが長く、後からくっついただけの若い女に命令されるのは工藤にとって面白くはあるまい。

北城はその場にいる全員に聞かせるような大声で独演会を開いていた。おかげで、二階にいる俺もしっかり拝聴できた。

「時代の流れを読み取る、商売の肝だな。では時代とは何か、人だ。人間の心なんだ。これがわからない奴は決して成功しない」

部下たちがいちいちもっともらしい顔をしながら神妙に頷くのが笑える。何が人間の心だ。人間の弱みにいかに付けこむか、だろう。

俺は紹興酒を飲み、タラバガニの身を穿《ほじく》り出す。一人前で五千円ときている。とんでもない出費だ。一万八百円の依頼にまったく釣り合わない。

「このタラバガニは実にうまい。道産か?」

北城が誰にともなく尋ねた。するとすかさず手下の一人が答えた。

「稚内《わっかない》です!」

「さすがだ、身がぎっしり詰まってうまみがある。注文してくれたのは誰だ?」

手を挙げたのは、プロレスラーみたいな図体をした風変りなヘアスタイルの男だった。緊張のためか、いちいち鼻をひくひくさせる。

「そうか、吉田《よしだ》、おまえか」

北城は目を細める。

「上品な味わいだ。淡白なのに、蟹味噌の部分は濃厚だ。申し分ない、タラバガニだ。だから注文したんだよな? 俺が喜ぶと思って」

「はい! 社長にお喜びいただけて、光栄です!」

「お口、開けてみな」

手下が口を開けた瞬間、北城はタラバガニの脚をそのまま突っこんだ。この段階まで俺は北城の本心がまったく読めていなかった。北城の行動原理がよくわからなかったのだ。俺はしばし流れを見守ることにした。

「んが、あうあううあう……」

口から血を流しながら、吉田という男は脚や手をじたばたさせている。北城はなおも容赦なくタラバガニの脚を押しこむ。歯のあいだからにじむ血がなかなかに生々しい。ひどいショウを見せられたうえに五千円とはわりに合わないこととこの上ない。

「俺がほしいのは毛蟹でちゅよぉおおお、ボク。毛蟹を持っておいでぇえええ。わかったかなぁああ？　お返事はぁあ？」

「うぐっ……は……は……ひ……」

コイツは例のトラックの運転手殺害の件で毛蟹を奪われたがために、気が立って危険なサイケ状態になっているのだろう。毛蟹をはやく見つけ出せと部下たちに命じてもいるのに違いない。

そんなに毛蟹が大事だったのか？

工藤もマリも、慣れっこになっているのか別段それを止めようともしない。触らぬ毛蟹マニアに祟《たた》りなしってことか。

ひどいショウを見ているうちに、俺の皿は空になった。残っているビールを一気に飲み干す。やれやれ。ビールが胃薬の味に変わってしまったじゃないか。

長居は無用だ。俺は立ち上がり、レジへと向かった。吉田とかいう可哀想な部下の悲鳴は、なおも店内に響いていた。

13

高田の正拳が風を切った。

北海道大学空手部の空手道場ではよくある光景だ。

だが、こんなにも熱心な顔つきで空手のトレーニングに励む高田を見るのはいつ以来だろう？

北城の追跡調査を行なった翌日、俺は〈ピュアハートモデルエージェンシー〉を訪れるのにボディガードが必要と考えて、高田を誘うことにした。研究室を覗いたらおらず、同じ研究室の人間が高田なら稽古に行ったと教えてくれた。

いつもは、淡々とした顔で独自のメニューをこなしている姿を見るだけだが、今日は目に闘志が漲《みなぎ》っている。先日波留に負けたのがよほどこたえたか。人間なんて、何を内に抱えているかは傍《はた》からじゃわからないものだ。高田には高田の矜持《きょうじ》があり、俺には俺の——矜持なんかあったか？　忘れた。

　と、練習風景を入口付近から見ていた俺に高田が気づいた。熱を入れているところを見られて気まずいのか、トレーニングをやめてしまう。

「続けろよ」

「……見せもんじゃねえよ」

「新鮮でいいよ」

　俺は手持ちのおかきを口に放りこんだ。

　高田はそれ以上何も言わず、黙々とトレーニングを再開した。体を温めておいてくれるのは好都合だ。何しろ、今夜は少しばかり危険な山を踏まなきゃならない。


　二時間後、俺たちは〈ピュアハートモデルエージェンシー〉のビルの裏口あたりをぶらりと歩いていた。もちろん、単なる散歩なんかではない。

「寒いな」

「ああ、しばれるな」

　髪が氷柱《つらら》になるほどではないが、本州の人間なら即刻凍死するかも知れない。

　もうビルの明かりは消えている。従業員はみんな帰った後だ。

　ドアの外側から改造レンチでガタガタ揺らすと、ドアノブごと外れて呆気なくドアが開いた。探偵稼業を始めたごく初期に覚えた手口だ。年々セキュリティの厳しい施設が増えているから滅多に使えなくなったが、このくらいの建物ならお手のものだ。

　開いたドアから俺たちは中へと入りこみ、内部をペンライトで照らした。

「一万八百円の仕事じゃねえな」と高田が他人事みたいに言う。

「誰が持ってきたんだよ？」

「誰だっけね」

　高田は相変わらずとぼけている。

　向かう先は決まっている。俺が接待を受けた応接室を抜け、奥の通路を伝って〈スタッフ・オンリー〉と書かれた部屋に入る。ここに、女たちの出勤データや顧客データがあるはずなのだ。

　応接室のゴージャスさに比べて、事務的で簡素な空間が広がっていた。デスクが島をつくり、そこにパソコンが数台設置されている。

「しっかし、いかがわしいところだな。内装も安っぽいし」

「営業中に来るとわかる。照明が決め手なんだ」

「ふうん。そんなもんかね？　この空間が高級サロンに変わるとはとても思えないんだけどね」

「女子高生のプリクラと同じさ。素材が大したことなくても、照明の加工でどうにかなる。世の中あまねくそんなもんだ」

俺はさっそくいちばん手前にあったパソコンの電源を入れた。だが、パスワードが設定されていてそこから先に入ることができない。

適当にゼロを連打してみたが、そんなことでは開かなかった。一応、きちんとパスワードを決めているのだろう。念のため、どのパソコンも同じか確かめようと俺は奥にあるパソコンへと向かった。

一方の高田は俺が最初に触ったパソコンの前に座っている。そのパソコンはもう試したから諦めればいいのに。

「トラックに一緒に乗ってたとなると、生きてるかどうかって話だな……」

パソコンの周りを何やらがさごそ探りながら、高田は不吉なことを言う。厳密に言うなら生きている可能性が一割もあるかどうか。

「まだそれが麗子って決まったわけじゃねえよ」

まあな、とうわの空で返事をしつつ高田はなおもキーボードをカチャカチャと叩いている。

俺がいじりだしたパソコンもやはりパスワードがかかっていて開けなかった。どうもパソコン以外の資料を当たったほうがよさそうだ、と思い始めていると、「開いたぞ」と高田が言った。

こいつがパソコンに詳しいのは知っていたが、拍子抜けするほど早い。

「よくパスワードわかったな」

「ん、パソコンの後ろに書いてあったからな」

セキュリティをかけるまではなかなか現代人らしいところがあるが、しょせんパスワードの扱いがぞんざいだったようだ。

高田のもとに戻って一緒に管理画面をチェックしていく。モデルのバストアップ写真がずらりと並んでいる。しばらく画面をスクロールさせていくと、原田の最愛の女の顔に出くわした。

「あった……」

諏訪麗子は『りんね』という名前で登録されていた。顔写真をクリックすると、プロフィールと全身写真が表示される。そこからさらに顧客データのタグをクリックしたら、指名された日時がずらりと出てきた。

この二か月ほどの指名客のところには『椿秀雄』の名がずらりと並んでいる。すべて『個人撮影』とある。出勤状況と通帳の出入りがおよそ合致していることもわかった。徐々に金額が上がっているのは、椿の要求するプレイがだんだん過激なものになっていたということだろう。

「……椿秀雄……殺された運転手だ」

「麗子の超お得意様じゃん」

「……最後に会ったのは二月四日」

「事件の前日か……決まりだろ」

これで確定した。椿が殺される前に漁港で目撃された一緒にいた女は麗子で間違いないだろう。

「……前日に会って、翌朝どういう因果か椿のトラックに乗っちまったってわけか」

麗子はすっかり椿に囲われていたわけだ。夜の営みを終えた翌日、二人は漁港の魚市場で昼飯を食べ、その後、どこかへ向かってトラックを走らせた。運転席には椿、助手席には麗子が座る。

そこに——殺し屋参上、か。

そこから可能性は二分する。一つは、二人ともその場で殺された。もう一つは、麗子だけが逃げた。

前者の場合、椿の死体のみが発見されたところが合点がいかない。死体を隠すにしたって、血痕が残るはずだ。第一、片方の死体だけ隠すっていうのはわけがわからない。

となると——やはり麗子は生きているのか。

どうやって逃げたんだ?

高田も俺同様推理でもめぐらしているのか、しばし無言のままだった。

「……椿の死体は転がしたままで、麗子の死体だけ隠すってことは考えにくい。うまく逃げ延びたんだよ……きっとそうだ。そうしよう」

「……その場合、警察に駆けこむだろ」

甘いな、そんなこと麗子がするもんか。俺は首を横にふる。

「ここでの仕事もバレちまう。そうなりゃ原田とも別れなきゃならない」

「だから身を隠した、か。保身のために」

「命がけの保身だ。原田に伝えたら喜ぶんじゃないか？」

「おまえの恋人はおまえに売春やってることを知られたくなくて必死で逃げているんだ、涙ぐましい頑張り屋だって？　言えるわけないだろ？」

「まあそうだな。それに、麗子が一人で逃げているとも思えない」

「男が一緒、とか？」

「男かどうかはわからん。だが、椿が殺されたという状況で、女子大生が一人で逃げ切れるほどこの世界は間抜けじゃないはずだ」

そう、問題は麗子みたいな小娘が、武闘派の椿が殺されるような絶体絶命の状況から、いかにして逃げおおせたのかってことだ。

そこで、ひらめいた。

「おまえ明日暇か？」

「……空けられなくはねえよ。なんで？」

明日の予定が決まった。パソコンをシャットダウンする。もうここに用はない。

それから、ふと通路に目をやった。

最初に岬マリを見たときのことを思い出したのだ。

あの時——俺は何を考えたのだっけ？

思い出せそうなのに、あと少しのところで靄《もや》がかかる。

年は取りたくないもんだな。

「いいから、高田号の出番だ。明日もう一回ここへ来よう」

14

高田号とは、高田の所有する五千円ほどでようやく買い手がつきそうな二代目おんぼろビュートだ。走らせるのにいちいちエンジンの様子伺いをしなきゃならないのだから、町中に聞こえるような声で呼ばないと店先に出てこない煙草屋のババアより世話が焼ける。

それでも、免許のない俺にとっては大事な足には違いない。

俺たちはビルの近くに高田号を路駐させ、マリが出てくるのをじっと待っていた。

「なんか、パパラッチみたいだな」

高田が言っているのは、俺が構えているカメラのことだ。

「パパラッチもプライベートアイも、やることは時に似てるさ。違いは、探偵にとっちゃ、依頼人以外はすべてが切り捨てていいカードだってところだな」

「……ごめん、よくわかんねえや」

せっかくの哲学に水を差されたが、まあいい。

しばらくすると、まだ日が落ちぬうちに、マリがオフィスを出てきた。タイミングよくビルの前にベンツが停まり、マリは車の後部座席に乗りこんだ。ベンツが走り出す。

俺はそれを即座にカメラで秘撮した。

「追え」

「言われなくてもエンジンかけてるよ。遅いだけ」

高田号はきゅるきゅるきゅると鈍い音を何度か立ててどうにか発進した。ガタガタピシピシ、といつものように軽快なポンコツ音を立てる。

「麗子を警察に取られたら困るのは連中も一緒だ」

「だが彼女は麗子を捜してるって言ってたぞ」

「あの手の女の言うことは一切信用しないことにしてる。知らないと言ってるときは知ってる。好きと言ったら嫌い。抱いてと言ったら殺してやるだ」

ホステスや娼婦でも、その店で一、二を競う看板娘はだいたいみんなそうだ。彼女たちは本心を一切明かさずに男を惹きつける術《すべ》を知っている。

その中でも、マリという女は格別厄介に見えた。ちょっと接しただけではあるが、俺が今まで見てきたどの女よりも、真実を己の意志の力で覆い隠せるだけの強い精神力が垣間見えた。

妖艶なる仮面の下に、得体の知れない何かを隠している。

その何かは、高潔さか、それとも真っ黒な悪女の本性か。

「じゃあ、殺してやるって言ったら?」

「……殺してやる、だ」

「ふうん。で、なに、そういう女がタイプなの?」

「俺、そんな話したか?」

「べつに」

高田は口元だけで笑う。嫌な野郎だ。

やがて、車はマンションの前に着いた。マリが降りて中に入ってゆく。

超高級マンションというほどではないが、中流階級が手を出しそうな集合住宅だ。世の中でいちばん数が出回っているのは、じつはフォルクスワーゲンみたいな車を好む連中が喜んで飛びつく、ちょいよさげ物件なのだ。こういうところに住んでいると、それだけで社会的にいい暮らしをしているという印象を付けられる。この国の人間はどいつもこいつも見栄っ張りなのだ。

「いいマンションに住んでやがる」

「間借りさせてもらったらどうだ？」と高田。

「おまえ何だか絡むね」

「新鮮でいいよ」

空手の練習を背後で見物していた仕返しらしい。俺は舌打ちをしてから菓子パンを食べだした。高田号はエアコンが壊れている。夏は暑く、冬は寒い。極めて天候に素直なマシンだ、とも言える。

しばれるなぁ、と十秒ごとに言いながら缶コーヒーを飲みつつ監視していると、マンションの前に別のベンツがやって来て、北城が降り立った。車の脇に工藤と波留が立ち、北城一人がマリの部屋へと消えた。

「ショック？」

「あ？」

ヤクザの親分とその女がセックスをするのに、ショックもファックもあったもんじゃない。

それきり、俺も高田も黙った。

こちとら寒い中で張りこんでるのに、マリと北城は今頃ぬくぬくと部屋で身体を温め合っていると思うと、いささかうんざりしてくるが、そもそも奴らと俺たちの境遇を比較すること自体ナンセンスだと気づいてやめた。

「高田、俺たちも温め合っとくか？」

「はい？」

「新鮮でいいだろ？」

高田は鼻で笑った。

リベンジ終了。これでおあいこだ。いやリベンジのリベンジだから、おあいこではないのか。

こういう時にかぎって、やけにゆっくりと時間は経過する。さっさと終わらせやがれ。

「そうイライラすんな」

「してないだろ」

「してるよ。ま、いいけど。あ、出てきた」

ことを済ませたらしい北城がようやくマリに見送られて出てきたのだ。遅いよ、どうせ小さいくせに。毛蟹マニアのインポ野郎め。俺はそんなわけのわからぬ悪態を内心でついた。

奴はベンツに乗りこみ、去った。

やれやれ、何だって俺たちは他人の性交渉の時間をこんな明確に把握してなきゃならないんだ。

腕時計を見る。三十分だと？

「早かったな」と高田がにべもなく言う。

「いや、遅かったろ」

言ってから、顔を見合わせた。高田がどういう技を持っているのか、今度詳しく聞いてみる必要がありそうだ。


俺たちは一晩中マリの行動を尾《つ》けて回った。そして、何も起こらぬまま、一夜が明けた。

たった一晩で、俺の鼻はすっかり冷たくなってしまった。少し鼻の中が痛いくらいだ。

気がつけば、高田号の後部座席には、俺たちが飲食で排出したゴミの山が築かれている。

この経費を考えただけでも、一万八百円はないわ。

俺の隣では、現在高田が爆睡している。

いま俺たちは、ふたたび〈ピュアハートモデルエージェンシー〉の近くに車を路駐させていた。日中は動きが少ない。ときどき客らしい男がやってくるが、一人で帰っていく。

派遣業だから、あとは現場に女の子を向かわせるだけなのだろう。

この張りこみは存外退屈なものになりつつある。また夜になったらセックスが終わるのを待つのか？　うんざりだ。溜息をつきながらも、俺は自分が苛立っているのを認めないわけにはいかなかった。

理由は――何だ？

脳裏に浮かんでくるのは、岬マリの顔だ。どこかで見たことがある気がするという曖昧な記憶はべつにしても、俺はマリに魅かれるところがあるようだ。

百戦錬磨に見えるが、そのくせどこかピュアなものも感じさせる。時折、瞳の中に現れる諦観と強い意志が綯《な》い交《ま》ぜになったような色が、彼女に独特のオーラを与えているのだ。

いや待て。俺ちょっと分析しすぎじゃないか？　ていうか、とんでもない悪女かも知れないってのに、ともするといい印象のほうが強くなる。クソッ。はいそこまで。やめやめ。

高田をちらりと見たら、俺もあくびが出た。

このまま進展がなければ、張りこみは終えていったん帰って寝るか。そもそも暇つぶしにしては少々ハードすぎる。一万八百円はとうに使い切っている。一度帰ってシャワーを浴びて翌日出直すくらいしても罰は当たらないだろう。

そう思っていたら、マリが出てきた。

彼女は建物のすぐ脇に停められたベンツに乗りこんだ。中には運転手が控えていたようだ。ターゲットはいつでも不意に動き出すものだ。

俺は高田を揺り起こす。

「動き出した」

「お、おお……」

眠そうな顔をこすりながらも高田は身体を急いで起こし、エンジンをかける——が、かからない。冬の朝はバッテリーが冷え切っている。

こういう時は奥の手だ。高田もそう心得たようで、車に優しく話しかけた。

「起きる時間だよ、頑張ろうね」

「あとでハイオクあげるからね。行くよ」

自動車だって生き物、ご機嫌とりは有効な手段なのだ。まあ、レギュラー車にハイオクを入れる意味はないだろうが。

「いち、にの、さん」

奇跡的にエンジンがかかった。いい子だ。

ポンコツ高田号、華麗なるドライブの時間である。

15

「自宅か？」

今のところ、経路は同じに見えた。

が、昨夜は通らなかった橋を渡りだしたところで違うようだと気づく。俺たちもその数秒後に同じように橋を渡った。

「自宅じゃないな」高田が俺がすでに気づいていることを言う。

「らしいな。距離をとれ」

尾行と浮気はバレたら台無しだ。

ベンツは田舎の住宅地を走り抜け、さらに辺鄙《へんぴ》なエリアに入っていく。築年数の古そうなアパートや古民家が間隔もまばらに建っている。やがて、プレハブよりは時間もお金もかけて作られたと思《おぼ》しきアパートの前で車が停まった。

そこから数十メートル離れた場所に、俺たちも車を停める。

マリが車から降りてきた。日用品の入った袋を抱えている。いよいよにおうな。自力では日用品も買いに出られない奴が中にいるってことだろう。そんな世話の焼ける人物ははたして誰なのか？

そんな人間は一人しか思いつかない。

俺は思わず前かがみになった。ようやく捜している獲物が網にかかったかも知れない。

来いよ、来いよ、と俺は心で念じる。

マリは周囲を警戒するように見回してからチャイムを押した。

何が出てくる？

ドアから顔を出したのは――薄紫の水玉模様のトレーナーを着た諏訪麗子だった。念のため単眼鏡を取り出し、手持ちの写真と見比べる。

間違いない。

「ビンゴ」

マリが部屋に入ると、すぐにドアを閉める。かなり慌てた動作だった。人目を避けているわけだ。

「見つけちゃったよ麗子ちゃん」

「だね」

しかしどうもよくわからない。マリは殺人の目撃者を匿《かくま》っているということになる。従業員だから？　たかがバイトの娘だろう。そこまでＶＩＰな待遇にする必要があるか？　たとえ麗子が命を狙われているとしてもだ。それほどまでして守らなきゃならないような娘じゃないだろうに。

さて、ここからどうするか。マリの部下は高級車で待機したままだ。高田が観察しながらぼそりと言う。

「食料届けに来ただけなんだろうな。北城とのセックスより短く済むかも」

俺は高田を睨みつけた。

高田の言ったとおり、十五分経ったか経たぬかのところで、マリは部屋から出てきてベンツに乗りこむと去って行った。

「な、短かった」

俺は何も答えず、車が走り去るのを見届けてから、高田号を降りた。高田がそれに続く。

麗子のいるはずの部屋の前に立つ。

こういう時のやり口は決めてある。まずはチャイムを押す。指があれば誰でもできる手順①だ。

反応はないが、ドアの向こうに気配を感じる。

手順②、覗き穴に向かって笑顔を作る。

そして、手順③、

「ワタクシ管理会社の者ですけども、こちらから異臭がするということで、至急確認させてもらえませんか？」

業者を装い、ふたたびドアの向こうの気配に耳を澄ました。

「ガスが漏れてるかも知れませんのでね、消防や警察に通報する義務があるもんですから」

反応は、やはりない。手順④、

「それと今、簡単なアンケートに答えていただくと、ネイキッドのコンサートチケットが当たるんですが」

相手の趣味を持ち出す。前に彼女の部屋を漁ったときに飾ってあったポスターやライブグッズのことを思い出したのだ。

すると、ほんの少しドアが開き、麗子が顔を見せる。

手順⑤、躊躇《ちゅうちょ》せずにすばやく強引に入りこむ。

麗子は驚いて声を上げようとした。俺はすぐにその口に手を当てて黙らせる。

「警察でもヤクザでもない。原田誠の依頼で来た」

その言葉で、麗子は一気に緊張の糸が切れたのか急に泣き始めた。俺と高田は中に入ってドアを閉め、室内にほかに誰かいないかそれとなく確かめる。中には彼女しかいないようだ。

麗子は誠、誠、と言いながらなおも泣き続けた。だが、その泣き方が何とも胡散臭い。本当に悲しいのではなく悲しい自分を演じているように感じるのは、少し見方が意地悪すぎるのだろうか。

田舎娘で、根はいい子。変な商売に手を出したのは出来心なんです、か。依頼人には説明しやすそうな案件ではある。

「誠が……私を捜しているんですか？」

「捜してないとでも思ったのか？」

「そうじゃないですけど……まさか、私がしている仕事のこととか言ったんじゃないですよね？」

「けっこうなお仕事してるよな」

「言ったんですね？　ひどい！　馬鹿！　死んじゃえ！　ろくでなし！」

突然麗子は我を忘れたように俺をたたき出した。

「やめろ、落ち着けって！」

俺はどうにか彼女の両腕を押さえた。

「言ってない。誠には何も言ってねえよ。言えるわけねえだろ。あいつはおまえをただの天然娘だと思ってる。そんな野郎に過酷な現実を突きつけられると思うか？」

「……本当に言ってないんですね？」

まったく、うんざりさせる女だ。単に目先のことしか考えていないのだろう。自分が何をしているかもわかっていないに違いない。

「一体、なんでこんなことになったんだ？」

「……私だって、こんなふうにいなくなったりしたくなかったもん……」

パニックを起こしたかと思ったら、今度は泣きだす。救いようのない直情型なのか、すべてが演技なのか。もう何もかも馬鹿らしく思えてくるのをぐっと堪《こら》える。

「まあとりあえず中で話を聞かせてくれ」

俺と高田は靴を脱いで部屋に入った。

「お邪魔しますよ」と俺が言うと、「お邪魔です」と高田が続けて入った。

室内には、ちゃぶ台、冷蔵庫、テレビと最低限のものはそろっていた。あとなぜかベビーベッドもあり、部屋全体の雰囲気にも麗子以外の人間がここで暮らしていた形跡があった。麗子を匿うために、住人が夜逃げして空き家になった物件を押さえたのだろう。ただし、部屋全体の印象はあまりいいものではなかった。たった数日のうちに麗子がお菓子やカップラーメンのゴミを大量に出したために何とも清潔感に欠けていたのだ。

俺たちは腰を落ち着けて、麗子の話を聞くことにした。

「それで？　まず、あんたが殺人現場を目撃した経緯について聞こうか？」

麗子は驚いた顔になった。

「どうしてそのことを……」

「椿は直前に魚市場で若い女と一緒にいたのを目撃されている。そして、ピュアハートの顧客管理画面を見たかぎりでは、前の晩に君が指名を受けている」

「初めてだったんです……」

「嘘つけ、何回も会ってるじゃねえか」

麗子はちらっとこっちを見た。なぜか俺のほうを責めているみたいな目だった。

「あんなに激しいのは初めてだったの！」

何だそれは。

「私、痛くって、悲しくって……」

涙ながらにお勤めの内容まで話そうとするので、さすがにそこは割愛させた。まだしゃくり上げている。よほど怖い思いをしたのか。それなりにもらう額が上がっていたから、行為自体もエスカレートしてはいたんだろう。

「……それで、翌朝帰ろうとしたら、椿さんが……漁港のウニいくら丼が超おいしいって言うから……だって私……ウニもいくらも……超好きだし」

ウニいくら丼の前では原田の顔も浮かばなかったか。

「ウニいくら丼なら仕方ないね」

「ウニいくら丼だからな」と高田もうなずく。

「……そしたら……そしたら……」

恐怖がよみがえったらしく、口に手を当てて引っこみかけていた涙をまた溜めはじめる。

「事件に遭遇したんだな」

「怖くて動けなくて……でも私のこと気づかなかったみたいで……マリさんに電話して……ここに」

「犯人の顔は見たのか？」

麗子は首を振りかけたが、何かを思い出したように遠くを見つめ、「背の高い男の人だった……」と言った。

後ろ姿だけ見たってことだろうか。

「警察に行くのが一番だと思うけどね」と高田がぼそりと言う。

その一言を聞いた麗子はまたしてもわめき出した。

「そんなことしたらバイトのことがバレちゃう！　私、お母さんだけは悲しませたくないの！　女手一つで私を大学に入れてくれたお母さんだけは……」

「だったらそもそもそんなバイト……まあいいや」

全然よくはないのだが。言うだけ無駄骨だろう。基本的に忠告なんて意味がないのだ。たとえそこで涙を流して反省の意を述べたところで、そんなものはすべて嘘っぱちに決まっているのだから。

「この事件のことは……誠は」

「原田は何も知らないよ」と高田は安心させるように言った。

売春のことを言っていないのに、そこを端折って事件のことを言えるわけがない。

「誠に言わないでください！　真剣なんです！　結婚したいんです！」

だったらそもそもそんなバイト……という例のセリフをまた俺は口にしそうになってやめた。

「連絡だけでもしてやることは……」

「無理です！　誠を巻きこみたくない！」

軽薄な行動はとるが、愛情はある。それが一番面倒臭い。

「大丈夫だよって言うだけでいいんだ」

「無理です。そんな一言で誠が納得すると思いますか？」

「しねえだろうな。でも生きてることは伝えられる。今のままだと俺がまともな報告をしなければ、アイツはそれこそ警察に泣きつくかもしれないぞ？　そうなったら、どのみち全部バレるぜ？　日本の警察をナメないほうがいい。ここだってあっという間に嗅ぎつけられる。そうなりゃ、あんたが必死で隠そうとしていたことはどのみちすべて明るみに出ちまうんだよ」

麗子には酷かもしれないが、この際そこははっきりさせておく必要があるだろう。世の中、彼女が考えているほど甘くはない。

ところが、麗子はさらに俺を呆れさせる自論を展開させた。

「探偵さんがうまく言ってくれればいいんじゃないですか？」

「……は？」

「そうでしょ？　探偵さんがうまい嘘を考えて、もう少しで帰って来るから心配するなって、そう言ってくれればそれでいいことじゃないですか。どうしてそうしないんですか？

ひどい……人間じゃない……」

「ちょっ……ちょっと待った。それはどうなのかな？　俺の依頼人は君じゃないからね。君のために俺ががんばる理由がよくわかんないな」

「私のためじゃないですよ、誠のためです」

真剣な目で頭のおかしな理屈を振りかざす。こいつ、一生この性格のまま乗り切れると思ってるんだろうか？　たぶんそうだろう。そして存外、こっちの呆れをよそにそのままのふてぶてしさを抱えて生きていくのだ。

「そんな理屈は通らないよ」

「だって無理だもん」

「はい？」

「無理なの！　今はぜんっぜん無理。帰れないんだもん……」

これじゃ話にならない。エルボーでもかまして力ずくで連れ帰るか？　いや、手荒な真似するとこういう女は無事に連れ帰ってからこっちを訴えかねないからなぁ……。

「そんなこと言ったっていつまで隠れてるんだよ？　おばあちゃんになっちゃうぞ？」

「……ごめんなさい」

「ごめんなさいじゃなくてさ」

「本当にごめんなさい」

「謝ってほしいわけじゃないんだよ」

すると、麗子は顔を上げて、本当に申し訳なさそうに言った。

「変な二人組が来たって、もうメールしちゃったんです、さっき」

「え？」と俺と高田は同時に声を出してしまった。

そっちの「ごめんなさい」か……。

背後に気配を感じたのは、まさにそのタイミングだった。

「探偵さん」

マリと工藤が、背後に立っていたのだ。

一体、いつの間に……。話に夢中になっていて侵入してきた物音に気づかなかった。

「ま、待て……話せばわかる。話せば……」

展開が早すぎるぜ。俺が腰を上げるより数段早く、工藤が拳銃で俺の顔面を殴った。

ノックアウト。

かくして、俺の寝不足はじつに荒っぽいやり方で解消された。

16

真っ白だった。

俺の夢の中の色か？　そう、あるいは、まだ俺は夢の中にいるのかも知れない。だが、その白は温度を伴っている。雪に覆われているのだ。

岬マリが、俺を見下ろしている。その顔から化粧っ気を取り除いてみた。すると、なぜか歓楽街の路地裏にぐったりと座りこんでいる女の図が浮かんできた。

おまえは……。

と思った瞬間、マリの横にサングラスをかけた工藤の顔が割りこんでくる。これも、俺の夢の中の……。

「目を覚ませ馬鹿野郎」

突然の頬への衝撃で、俺はこれが現実だと悟った。

次の瞬間、脇腹を蹴られて、俺の身体は冷たい雪の上に転がされていた。数メートル向こうに、マリたちの車が見える。どうやら車でここまで連れてこられて、蹴り落とされたようだ。

状況判断がすぐにはできないが、とりあえずまずいことはよくわかった。

俺と違って転がされもせず、無傷の高田の存在が、せめてもの救いと言えた。高田がボロ雑巾にされるほどの最悪の事態ではないらしい。

俺を見下ろしている顔は全部で三つ。

工藤と、麗子、そして――岬マリだ。

この数日で何度も見てきたマリの顔。

だが、俺はこれまでとは違った面持《おもも》ちでマリをぼんやりと見上げていた。

俺は――。

脳裏にはぐったりと座りこんでいる女の幻影がまだ残っていた。

この女のことを――。

「全部忘れて」

全部？　どこからだ？

朦朧《もうろう》とした頭で、俺はそんなことをぼんやりと考える。

幻影から、何もかも？　そいつはジョージ・オーウェルもびっくりな願いだ。

「私たちは麗子を守ってるだけ」

「……何からだよ？」

「警察からよ」

「警察から守る意味は？」

「麗子の人生を壊すのが望み？」

「質問に答えろよ」

マリは静かに一度目を閉じた。

「犯人が捕まって事件が解決したら、麗子は返すわ」

人情に訴えかけた言い方に見えるが、要するに麗子の命を担保にとった脅迫のようにも聞こえる。となりにおっかない工藤の顔があるせいかも知れない。

「次、ツラ見せたら殺すぞ」工藤がすごむ。どうもマリの前でいい恰好がしたいらしい。さてはコイツはコイツでマリを好きなのか？

「誠にはうまく言っといて！　お願いね！」と麗子。

とんだ女と付き合っちまったもんだな、原田も。

三人は高級車に乗りこんで去っていった。雪の上を走るときのスタットレスタイヤの独特のきゅるきゅるという音が遠ざかったのを確かめてから俺は半身を起こした。

高田がしゃがんで肩を貸す。

「ほれ」

「……おまえなんで無傷なんだよ」

「……キャラじゃねえか？」

殴られキャラなんてあるかよ、と思いつつ、俺は高田の肩を借りて身を起こすと、車の去ったほうを見た。それから、反対側を見る。

どっちに向かえばいいんだ？　ていうか、ここどこだよ？

北海道はあまりに広大で、見渡すかぎり目印になりそうな目立った建物が見当たらない似たり寄ったりの雪原であることもしばしばだ。道民だって容易に迷子になる。

まあいいや。どっちに進んだにせよ、どうせ地球の上だ。俺たちは無言で歩きはじめた。

脳裏に、夜の歓楽街の路地裏にしゃがみこんだ女の図が浮かぶ。

ああやっぱりだ。

これ、幻影じゃなくて記憶だわ。

歓楽街の路地裏にしゃがみこんでいるノーメイクの女。雪よりも白い肌は、やつれて生気が失われ、青白くなっている。あと半日も放っておいたら、このまま死体となって発見されてもおかしくないようにすら思われた。

あの時だな――モンローって娼婦に妹分の娼婦の行方がわからないって相談を受けて、方々を歩いたのだ。調査から五日目、ようやく道端で死にかけの野良猫みたいになってしゃがみこんでいる女を見つけた。直前に目撃情報があって、モンローを呼び出して手分けして捜しているさなかに、俺が見つけたんだ。

――おい、モンロー、いたぞぉ。

せいぜい二十メートル程度の距離にいるであろうモンローに向かって叫ぶと、モンローが俺のもとまで飛んでやってきた。

面倒見のいい女なのだ。

――この仕事、キツいのよ。身体的にも精神的にも。すぐ辞める子はもちろん山ほどいるけど、それより壊れていく子が心配。

——その子は逃げ出しただけじゃないのか？

——逃げても行く当てのない子なの。

モンローが事前にそう言っていたから、俺も金にならないのは承知で必死に捜した。

——こいつだろ？

モンローは女を見てホッとした顔になり、俺に「ありがとうね」と礼を言って女を介抱しだした。

——またこんなところでぶっ倒れて！　死んでもいいの？

女は静かに頷いた。虚無感と、強い意志が綯い交ぜになった表情。どうして後ろ向きでありながらこんなにも凛としているのか、俺には解せなかった。

——ウンじゃないわよ、ほら、立ちなさい。

無理やりモンローに腕を引っ張られて立ち上がった女の顔。

あれは——。

あれか……？　あれが……マリか……？

「どうした？　寝小便でもした？」

俺は高田の問いに答えずに歩き出した。高田はその横を黙って歩いた。どこまでも、何もしゃべらずに歩いた。

長い沈黙のなかで、俺はたしかに何かが繋がり始めているのを感じていた。そして、思った。この一件、どうも俺は尻が死ぬだけでは済まなそうだ、と。

17

「あいつ、絶対何か隠してるよな。何だろうな……やっぱ恋か」

研究室で資料をぼんやり眺めながら、高田の思考は朝からの騒動に引き戻される。

「あの女かな」

マリとかいう女。どうも探偵はあの女の前で態度がおかしい。わかりやすい奴なのだ。あれは絶対、タイプなんだろうな。

でもそれだけか？　何かもっとこう――。

と、考えを巡らしていると、教授が入ってきた。

「さびしくなるね」

「そんな、大げさっすよ……」

まあ探偵に秘密を持っているのは自分も変わらないな、と高田は思う。大した秘密ではない。言う必要もないだろう、という程度の秘密。その意味では、探偵が何も言わないのもそれと同じなのだろう。お互い、肝心なことはあまり言わないし、言わなくても問題ないのだ。

「しっかり向こうの酪農を吸収してきなさい」

「……はい」

「パトリックは必ず君を助けてくれる。君の研究にもいい助言をしてくれることだろう」

「心強いです」

高田は神妙に頷いてから、もう一度資料に目を戻した。けれど、集中力は依然として戻らぬままだった。

18

「ダメだ、集中力ゼロ。考えるほど糸が絡まる感じだ」

俺はぼやきながらタウン誌を手にとった。喫茶モンデは今日も客の姿がほとんどない。まあ、だからこそくつろげるというものでもあるのだが。

さっきから頭のなかでイメージが重なりかけてはぼやける。四年前の歓楽街にうずくまっていた女とマリ。あまりにメイクが違いすぎてまだピンボケしている。

だが――やっぱ同じ女だよなぁ……。

峰子がまた俺の読んでいるものを背後から盗み見る。

好きだねえ。自分の店のなんだから客がいないうちに読んでおけばいいのに。

「わ、ファイターズの栗山監督と市長のトークイベントだって。好きなのよねえ、クリクリ！」

それを無視して俺は何気なく尋ねた。

「……女がガラッと変わる理由ってのは、何だろうな？」

「そりゃ男に決まってるわよ」

彼女は俺の座っている席の手すりに腰を下ろし、俺にもたれかかってきた。

「私もいろんな男たちがこの体の上を通り過ぎて行ったわ……。そしてそのたびに私も変わった……変えてみる？」

「あん？」

男、か。

馬鹿みたいに単純なことが、一度思考の糸が絡まると見えなくなる。それもこれも、歓楽街で見つけた女のせいだ。

峰子が俺にいっそう身体を預けようとしてきたところで俺は立ち上がった。

「電話借りるぜ」

俺のいなくなった席に倒れこんで峰子は不満げに言った。

「ちょっと……変えてみる気ないの？」

「遠慮するよ、荷が重い」

俺は受話器をもち上げ、ダイヤルを回した。かけたのは聖子《せいこ》という娼婦だ。もうだいぶご無沙汰しているから忘れられているおそれもあった。

「あら、探偵さん？　久しぶり！」

開口一番、聖子はそう言って俺の心配を杞憂に終わらせた。初っ端《しょっぱな》からハイテンションなのはいつも通り。

「おまえらの仲間のモンローって今どうしてるか知らないか？」

「モンロー姉さん？　知ってるけど、詳しいことが知りたいなら客として来てよ。新しい店に移ったんだわ。サービスするからさ！」

「新しい店？」

パチン、という音が聞こえる。何かを突いたような音。ビリヤードのあるバーにでも勤めているのだろうか？

勤め先の住所を聞き、電話を切る。

二十分後、俺はその看板を見つけ、狭い階段を上がった。

『SM説教部屋　罵詈雑言』

恐る恐るドアを開けると声が聞こえてくる。聖子の勇ましい声が聞こえてきた。

「ブタ人間だろうが！　言ってみろ！　私は豚人間です！」

客の男が「わ、わたしは……あうっ、ぶ、ぶたにんげんですぅううひぃぃい最高……」と歓喜の叫びをあげている。

相変わらず、商売熱心なようだ。聖子は黒いレザーのボンテージを着て、目にはベネチアンマスクを装着し、手には鞭を握りしめている。客のほうは半裸の状態で目隠しをされ、格子に手錠でつながれていた。中年男のでっぷりとした白い腹に無数の蚯蚓《みみず》腫《ば》れの痕がある。なかなかこれはグロテスクな眺めだ。

電話の向こうで聞こえたのは、ビリヤードの玉突きじゃなくて、鞭打ちの音だったらしい。

聖子は俺に気づくと、やってきた。

「ちょっと待っててね。あと五分であんたに代わるから」

「いや結構。話ができればそれでいい」

「それじゃ私の顔が立たないでしょうが！」

いったい今日はどういう日なんだ？　俺はピースをくわえ、一服しながらブタ人間の悲鳴を聞き続けた。

19

一時間後、俺は背中にのこった鞭による痛みに顔をしかめながら、ほうほうのていで〈ケラー・オオハタ〉へ戻っていた。

「何か、元気ないな、とくに怪我は増えてねえみたいだけど」

俺の顔を見て高田が言う。

「何でもねぇよ。ちょっとマッサージが効きすぎた」

たしかにこの歳で趣味でもないＳＭプレイはこたえる。だが、俺が元気がないのはそのせいばかりではなかった。

サービスを受けながら、モンローの行先についてはばっちり聞くことができた。危険のない、すぐにでも会いに行けるようなところにモンローはいた。だが、だからこそ俺は落ちこんでいた。

こんな夜は飲むしかない。ジャック・ダニエルでもブラックニッカでも何でも、あるだけの酒をストレートのダブルで片っ端から飲んでいく。

「あれから無事に帰れたのか？」

「ああ。無事に帰ったからここにいるんだよ」

「……ていうか、マジで元気ないぞ」

高田が俺の顔色を見ながら言った。

「……別に何も」

「ふうん、で、なんかわかったのか」

「……マリと、昔仲良かった……モンローって女の居場所がわかったんで……行ってこようかなって」

高田は無言でただ俺の顔色を見る。それが元気ない理由なんじゃねえか、と言いたげな顔だ。そうだよ、まったくその通りだ。

「……迷惑かな、俺みたいな生きてても糞尿を垂れ流すだけのクソ天パーヤロウが訪ねたら」

「やっぱりどうしたんだよ？　いまさら自分のクソ天パーヤロウぶりを引け目に感じるとか。おまえはなかなか上等なクソ天パーヤロウなんだから自信持てよ」

「うるせえよ」

相談相手を間違えたか。こんなただの感傷、恰好悪いことこの上ない。ウィスキーと一緒に腹に流しこめって話だな。

「あんまり無理して飲むなよ。また胃が悪くなるぞ」

「いいんだ。俺には胃薬がついてる」

「でも胃薬はおまえの代わりにモンローって女に会ってはくれない」

「ああ。このクソ天パーヤロウが自力で行くしかないのさ」

「だったら、あんまし飲むな。あれだろ？　そんだけ自分が情けなく見えるってことは、モンローって女、まともな生き方してるんだろ？」

「……まあな」

少なくとも、聖子の話ではそうらしい。

「惚れてた女なのか？」

「惚れてたってほどじゃねえけどな。まあ、いい女なのよ」

「ふうん」

「気風がよくてな、一人で完成してるし、べつに誰の助けもいらなそうな自立した女だった。でも、すげぇ気心が知れてたんだ。ある時代を共にした感覚だな。そういうの、あるだろ？」

「んん、あったかな。わからん」

「同時代性ってやつ。だから、たぶん寂しいんだ。自分だけが置いてかれたみたいでな」

ときどき夢に見ることがある。この小さな街で、知っている人間が一人また一人と消えていく。ある者は死に、ある者は幸せを手に入れて。気がつくと、なじみの顔は一人もおらず、俺だけが残されているのだ。

そして、恐ろしいことだが、その夢はたぶん、きわめて現実的なものなのだ。探偵とは、変わりゆく街のなかで、唯一彷徨《さまよ》い続ける目撃者なのだから。

「まあ、何にせよ、いい再会であることを祈るよ」

高田の言葉に、俺は曖昧に頷いた。

それから、一気にストレートのダブルを飲みきると、早々にバーを後にした。


その翌朝、長距離バスに乗って、俺はモンローの住む町へと向かった。海岸沿いにある、塵《ちり》みたいに小さな小さな町だ。

かつてススキノの女王として君臨していた女が、こんな辺鄙な町でひっそりと暮らしているなんて誰も思うまい。あの頃はモンローたちの依頼で厄介な野郎を店から追い払ったこともあったし、べつの人捜しの依頼で、彼女たちの世話になることもあった。俺たちはいつだって持ちつ持たれつだった。

今でも覚えている。仕事を終えて〈ケラー・オオハタ〉へ向かうと、モンローがすでにいてホワイト・レディを飲んでいるのだ。そこで俺はひとしきり奴に馬鹿話をする。お互い、仕事のしんどい話はしなかったが、話の水の向け方やなんかで、だいたい嫌なことがあったのかどうかは察することができた。

あの頃当たり前にあった日常。モンローはその真ん中で輝いていた。だが、いつの間にか俺だけがあの街に取り残されてしまった。

バスを降りた。

いまどき演歌の歌詞にもなりゃしないくらい鄙《ひな》びた海岸通りを歩いていると、これまたいまどき山田洋次監督だって舞台に選ばなそうな小さな食堂を見つけた。黄色いハンカチでも表に結んでおきたくなる感じだ。

引き戸を開けて中に入ると、らっしゃい、と威勢のよい声が飛ぶ。職人気質《かたぎ》の、まじめ一徹といった風な板前が手際よく何かを切っている。アイナメか。刺身にするのか、天ぷらか。何にせよ、活きのいい魚をその場で捌《さば》く場面はいつ見ても空腹を刺激する。

店内には数名の客の姿があった。それほど混んでいないが、まだ時間が昼より少し前だからだろう。

その時――赤ちゃんをおんぶしたその妻が、お盆を抱えて客席から厨房に戻りしなに、入口に立っている俺に気づいて「いらっしゃい！」と言ってからハッとした顔になった。迷惑そうな顔をされるんじゃないかと俺は身構えた。が、違った。彼女は恥ずかしそうに笑っただけだった。

女には、もう〈モンロー〉と呼ばれた頃の片鱗はなかった。だが、それがかえって美しくもあった。

モンローは厨房に一声かけた。

「あんた、懐かしい友達が遊びに来てくれたの。ちょっと外で話してくるから子ども見といてくれる？」

友だちと表現してくれたことが、何とはなしに気恥ずかしくもあり、嬉しくもあった。

「ん？　でも料理が……」

「それほど混んでないだろ？　すぐ戻ってくるから」

亭主は俺の顔をもう一度見て頭を下げた。俺も「どうも」と頭を下げた。「あの……すぐ帰りますので」

「じゃあ、行ってこいよ」

彼は赤ん坊を受け取った。

「ありがと！　あんた大好き」

モンローは旦那の頬にキスをしてから俺のもとへやってきた。客たちから冷やかすような声があがる。皆常連客のようだ。

「波止場で話しましょう」

店は波止場の目の前だ。亭主から見えない場所には行かないってわけか。いつの間にか良妻の鑑《かがみ》みたいになっているのが、他人のことながら嬉しいやらおかしいやらで俺は笑った。

「久しぶりね。元気？」

「ああ。相変わらず、胃袋を痛めつけてるさ」

「労《いた》わらなきゃダメよ。食後は必ず生姜《しょうが》を食べなさい」

「胃にいいのか？」

「寿司の後に食べるでしょ？　毒消しの意味があるって聞いたことあるし」

一瞬、あの頃に戻ったみたいな気がした。目の前にいる女がもっと濃い化粧をして煌《きら》びやかなドレスを纏っていた頃、俺たちはこんな愚にもつかない話を明け方まで続けていたものだ。

「試してみよう。しっかし……まあ変わったねぇ」

俺はにやにやしながらモンローの恰好を見やった。どう見ても食堂のおかんにしか見えない。モンローは俺の視線に照れたような笑みを浮かべる。

「天下のモンロー様がこのざまよ」

「今のほうがいい女だよ」

「……ありがとう」

だが、そうそう懐かしんでもいられない。俺はすぐに本題に入ることにして、秘撮したマリの写真を見せた。

「この子、覚えてるよな？」

「……見違えたわね……生きてるのか死んでるのかわからないような子だったのに」

「……どういう女だ？　ほら、あん時はただ捜してくれって言われただけで、どんな子なのか何も聞かなかったからさ」

モンローは石段に腰かけると、じっと遠くを見つめた。まるで、そこに在りし日のマリが現れるとでも信じているみたいに。

「本名、根本典子《ねもとのりこ》。私と地元が近いよしみで仲良くしてた。あの辺じゃ一番の進学校に通ってたって言うから、もともとは頭のいい子だったのよ」

何となく頭はいいだろうなと思っていたから納得がいった。

「それがどうして……」

言葉を濁したのは、もうあの業界から足を洗った女への配慮と、あの業界で君臨していた女帝へのリスペクトの両方からだった。

「小さな牧場やってた両親がね、わるい筋にお金借りて破産したの。で、一家心中図って、あの子だけ生き残った。業界に落ちるのも当然でしょ」

「……それで、人生に嫌気が差してたのが、俺が見つけた頃の彼女ってことか」

「いや、そのもうちょっと前ね。それから好きな男ができてね、妊娠したのよ」

「妊娠？」

「うん、結婚するなんて嬉しそうに言ってたけど、案の定捨てられちゃって」

この業界じゃ、ありふれすぎて人情話の数にもならないようなネタではある。風俗嬢とまともに所帯を持つ気がないのにコンドームもつけずにやりまくるクソ男なんて掃いて捨てるほどいる。そのうちの何割かは、結婚という餌をぶら下げるクソ・オブ・ザ・クソだ。

「……でも、子どもは絶対に産むって言い張ってさ。真面目に病院通いして、服だのベッドだの用意して……この子がこんなにキラキラ目を輝かせることあるんだって、そう思ったら……なんだか私も楽しみになってきちゃってさ、一緒に育てようかな、なんて。本当に嬉しそうな顔して母子手帳を見せてくれるのよ」

俺にはガキはいない。だが、ガキの一人もいると、地獄で生きていく覚悟すらできるのが女ってものだってことは、これまで会った何人かの女たちから学んだ。

マリが、子どもにどれほどの希望を込めていたのかは想像に難くない。

ただ、結びつかない。

それが、いまのマリにどうつながった？

いかにして、〈ピュアハート〉に君臨する岬マリは誕生した？

「今でも覚えちゃってる、予定日……二月十八日。もうすぐね……四歳か……生まれてれば、あの子の人生も変わってたんだろうな」

俺はここまで深くマリの話を聞くべきではなかった、と後悔した。だが、もう遅かった。

俺は問いかけることをやめられなかった。

「……ダメだったのか」

聞くな。そんなことどうでもいいことだ。おまえには関係のない話だ。

「しばらく姿見せなくなって、次会った時は、すっかりお腹へっこんでて……ひどく窶《やつ》れちゃってさ、こっちも何も聞けなかったわ」

馬鹿野郎。醜悪な事件を嬉々として報道するゴシップ記事と俺にどんな違いがあるんだ？　心底自分に嫌気が差した。好奇心で聞いたつもりはなかったが、その結果、彼女を哀れんで孤独な酒の肴《さかな》にするとしたら、馬鹿野郎に違いなんかあるものか。

「……あの子、家族がほしかったのよね」

こんな話を聞いて何も感じないほど大人になり切れていないなら、おまえは回れ右して帰るべきだった。聞いちまったぞ、どうするんだ？

岬マリの気怠《けだる》くも凛とした佇まいの謎は解明された。恐らく、いま麗子が隠れている部屋はその頃マリが使っていた部屋なのだろう。ミステリアスな女の裏にある痛みを知ったら、男って生き物がどうなるかはわかっていたのに。

「それからは抜け殻よ、抜け殻」

虚無の眼差し。その奥に手を触れようとする自分がいた。

あの晩の記憶が、これまで以上に鮮明によみがえってくる。

ススキノの路地裏でうずくまっていたマリを、俺はあの夜見つけた。あの夜のマリを見つけたのは、この世でほかでもない、俺だったのだ。なぜ俺だったのだ……？　そんなことに意味がないとわかっているのに、俺はそう自問せずにはいられなかった。

「何されてもOK、NGなし。安い金でひどい仕事やらされて、いつもぶっ倒れてた……」

「……俺と出会ったのはその頃か」

「そう……しばらくしたら、猟奇趣味のサディストから引きがあってね」

「……北城だな」

せっかく助けても、彼女の虚無は拭い去れなかったのか。よりによって、北城に目を付けられるとは。

「あそこの連中はシャレにならないからやめとけって言ったんだけど……結局、ふらふら行っちゃった。それっきり」

「人生ってやつはどこまでも非情になれるらしいな」

モンローは改めてマリの写真を眺めた。

「でもこれ見たら、うまくやったみたいね。お金を持つと変わるわねえ、いい暮らししてんだろうなあ」

「いい暮らしは、たしかにしてる。幸せかどうかは知らん」

「あなたがここへ来た理由と関係が？」

「恐らく」

　モンローはじっと俺の目を見た。潔くて、気丈で、でも本当は奥底に女の弱さも秘めている目。あの頃の俺たちは馬が合いすぎた。もう少し、沈黙の生まれるような気まずさがあれば、それが男女の仲になるきっかけにもなったかもしれない。モンローだって一度や二度はそう感じたことがあったはずだ。そういうのは、目を見ればわかる。

「もし何かに巻きこまれているなら、あの子を守ってやってね」

「ああ、任せとけ」

　任せとけ？　何言ってるんだ？　今の岬マリは俺の依頼を面倒にしている厄介者だっていうのに。

　迷っている間に亭主が子どもをあやしながら食堂から出てきた。

「おーい、そろそろー」

　かつてモンローがいた世界のことを知らないわけじゃないだろう。それでも、男が訪ねてきても亭主には心配している様子がない。それを見ただけでも、現在のモンローの幸せな状態が手にとるようにわかった。彼女にとって、〈業界〉は完全なる過去となったのだ。

　マリとはべつの形で――。

「今行くー！　……あいつのせいで、私は産みたくなっちゃった。おかげでこのざま」

「幸せだろ？」

　モンローは、かつてなら見せなかったような嬉しさを堪えきれない感じの笑みを浮かべた。まったく、他人の幸せってのは欠伸《あくび》が出る。

「会えて嬉しかったわ」

モンローが食堂へと引き返していった。食堂のおかみさんの顔に戻るために。その背中を見ながら、俺はひとしきり終わった時代を心の中で悼《いた》んだ。

こうして人生は続く。俺は俺で相変わらず締まりのない顔で長距離バスへ向かうとしよう。

何も解決していなくても、しばらくのあいだ、距離だけは勝手に進んでくれる。目を閉じると、またあの四年前の光景が浮かんできた。

――ほら、立ちなさい。

モンローが、マリの腕を自分の首に回して立ち上がらせた。そうでもしないと、マリは立てなくなっていた。気力もそうだが、もうすでに体力が相当消耗されていたようだ。

――あったかい酒でも飲ませてやる。

俺はマリに言ったつもりだったが、「ありがとう～」とモンローもついてきた。まあ、それはそれで自然な成り行きだったが――。

俺たちはそこからほど近い場所にある〈勇〉というおでん屋に入って、カウンターに三人並んで座った。昔からここの親父にはさんざん世話になっている。おでんも旨いが、ほかの一品料理もたまらない。

俺とモンローでマリを挟むように座ったのは、途中で逃げられでもしたら困るのもちょっとはあった。

マリの目には相変わらず生気が感じられなかった。

――こういうしばれる夜は、熱燗《あつかん》がいいよなやっぱり。

俺は北の誉《ほまれ》の熱燗を三つ頼んだ。

お猪口に均等に注いでいく。

うつろな目で温かい酒を飲むマリの前にお猪口を差しだした。

――ほら、飲めよ。

彼女は頑なに拒んでいたが、店の主人が出したばかりの河豚《ふぐ》の白子の炙《あぶ》りを箸で抓《つま》んで口に入れてやると、熱がりながらも、自主的にお猪口を手に取り、ぐいと飲み干した。

あまり得意でなかったのか、彼女はぎゅっと目を瞑《つぶ》っていたが、やがて辛口でふくよかな味わいが体の芯を温めたらしく、棘《とげ》が抜けたような表情になった。

――もっと飲みな。俺のおごりだ。

俺はそれから、空いたお猪口にもう一杯酒を注いだ。

その横で、彼女は涙を流していた。

それから何を話したのかは、覚えていない。

〈ケラー・オオハタ〉に着くと、原田が昼間に来てメッセージをおいていったというので、そろそろ途中経過でも聞かせておくかと思い、連絡して呼び出すことにした。

夜七時を過ぎたところで、ようやく原田が現れた。

「こんばんは。麗子、見つかったんですか?」

「おう、現れたな」

俺はカウンター席で胃薬を飲んでいるところだった。

胃薬をジン・ライムで流しこむってのはありなんだろうかな。そんなことを考えつつ、原田の言葉に何と返すか思案した。

「まあとにかく座れよ」

「座りますけど……」

原田はようやく俺の隣に腰を下ろした。

だが、話を聞くまでは落ち着く気はないらしく、上着は脱ごうとしない。どうでもいいが、本当にボンボンのでかいニット帽だな。自分で選んだんだろうか。

原田の目は真剣そのものだった。俺がしゃべる言葉を一言一句聞き逃すまいとでもするみたいに口元にじっと視線を注いでいる。

俺は原田のためにマスターにウーロンハイを一つ頼み、少し迷ってからジン・ライムで胃薬を飲み干すと、切り出した。

「もうすぐ帰って来るから、大人しく待っていてやってくれ。それで、帰ってきたら何も聞かず、怒らないでやってくれよ」

「じきに帰ってくるってどういうことですか？」

「もうすぐはもうすぐだよ。とにかく、無事は無事だからさ」

これが、俺の語ることのできる精一杯の詳細だ。

「麗子に会ったんですか？」

「いやあ会ったってわけじゃ……」

「じゃあなんで無事ってわかるんですか？」

そうなるわなぁ。俺もなんでここに呼んでしまったかな、と思いつつ、「とにかくもう少し待てよ」と肩を叩いた。

すると、原田が俺に不審の目を向ける。

「全然何もやってないんじゃないですか？」

このガキ。俺は自分の顔のアザを指差した。

「これが何もやってない奴の顔か！」

だが、言ってから背景を知らないこいつには何の証明にもならないと気づく。

「ぼったくりですよ！」

「おまえぼったくりだけは言う資格ねえぞ！　一万ってあり得ねえだろ！」

「一万じゃないですよ」

「あ、すまん、一万八百円な」

ところが、原田は首を横に振る。

「高田先輩に手付金三万払ってるんですから」

初耳だ。高田はそんな話は俺にしていない。あの野郎、汚い真似をしやがって。

「高田に手付金払ってんの？　手付が三万で俺が一万ってバランスおかしすぎだろ！　高田呼んで来い！」

「いいじゃないですか、高田先輩も入り用なんですから」

「あ？」

なんであいつが入り用なんだ？

どこかの女を孕《はら》ませでもしたのか？　いや、奴ならありそうなのは研究費を競馬に使ったとかかも知れん。

そんなことを考えていると、原田がスマホでウェブサイトを見せる。

『北海道ニュージーランド酪農協力プロジェクト』

「……ニュージーランド」

そう聞いて真っ先に浮かぶのはザ・ニュージーランド・ウィスキー・カンパニーの〈カスクストレングス〉だ。一度しか飲んだことがないが、かなりアクが強いのに妙に爽やかで、鼻の奥底に香りが留まり続ける不思議な味わいは癖になりそうだと思ったのをよく覚えている。本当にどうでもいい記憶だが。

「向こうの酪農を学びに行くんですって」

高田の研究において酪農はライフワークだ。きっとそのニュージーランドは奴にとっては重要な土地なんだろう。

ふと、珍しく熱心に稽古をしていた高田の横顔を思い出す。

だから、あんなに打ちこんでいたのか？

もうすぐ消えるから？　水臭いぞ、高田。

20

「ボタン、押してもらえます？」

兄貴分の吉田に、波留は頼んだ。

図体のでかい吉田は波留をいまいましげに見下ろし、ヒクッと間抜けに鼻を動かしてから、舌打ちをした。

「自分で押せよ」

「俺、いま気ぃ立ってますよ」

波留は指の骨をぼきぼきと鳴らした。今朝は空気が一段と冷たいせいか骨の音さえよく響く。波留はかぶったフードを両手できゅっと引き寄せ、耳を完全に覆った。

波留は一度吉田の舎弟を半殺しにしている。そのことで吉田が波留を敵視していることは、波留も知っている。

でも、だからって今の態度はダメでしょ？　俺に殺されたいの？　違うよね？　平和的解決が望ましいよね？

波留は無言のうちにそう訴えた。

「人の心、少しは読めるようになりました？　社長も言ってたじゃないですか、人の心を読めないと大成しないって。もう一回言いますけどね、俺、いま、気ぃ立ってますよ」

吉田の目が、かすかに泳ぐ。

恐れが見えた。

武術の心得があると、他人の内面にある恐れに敏感になる。みんなゴミみたいに弱い。最近だと、あれだ、強かったのは、アイツくらい。

あの、探偵と一緒にいた眼鏡のやつ。

見た目はただのモッサリかと思ったが、存外正拳は鋭かった。あれは空手をやっていた口だ。

まあ、俺のほうが強いけどな。

吉田はびくつきながら五階のボタンを押した。それからまた鼻をヒクッと動かす。どうも鼻を動かせば内心の怯えをやり過ごせると思っているらしい。

工藤が社長になって波留がトップ2になる頃には、たぶん吉田たちは自主的に出て行くか、さもなくば居場所がなくなることになるだろう。

早くいい子になってるといいけどねぇ。

チン、と音がしてエレベータが五階に着く。

工藤のマンションへやって来たのは、北城が工藤を呼べと言ったからだ。工藤は部下からの電話連絡を嫌う。直接来いと。馬鹿らしいな、と思う。が、今のところはまだ工藤に従っておいたほうがなにかと都合がいい。面倒くさいけどな。

工藤は北城を内心で嫌っている。マリに惚れているせいもあるのかも知れない。いずれ、内紛が起こるだろう。そのときに、北城につくか工藤につくかは悩みどころだ。勝つほうにつく。そのためにも、今は様子を見る重要な時期だった。

波留と吉田はエレベータを降りて、工藤の部屋の前に立つ。本当は、こんな用事一人で十分だった。

「おはようございますー。工藤さん、社長が呼んでますよ、工藤さーん」

反応がない。シャブでも打ってるのかな。

波留は吉田に顎《あご》でドアを開けろと命じる。

吉田は後輩からの指示に顔を歪めつつも、最終的にはしたがって　ドアノブをひねった。

予想外に、鍵はかかっていなかった。

よくない兆候だった。人一倍用心深い工藤らしからぬことだった。

波留は中に入りこんだ。

「工藤さん、入りまーす」

わざと大きめの声で言いつつ、拳を固めた。波留の危険レーダーがかすかに作動し始めている。

寝室へ行くと工藤がベッドに横たわっていた。

「ひぃ……」

波留の背後で吉田が悲鳴をあげた。

工藤は手に拳銃を握り、こめかみから血を流して絶命していたのだ。

波留はぼんやりとそれを眺めていた。人間ってのはどれも呆気ないもんだな、と思いながら。

嬉しくなった。腕が鳴る。波留は踵《きびす》を返す。

「行きますよ」

「え……ど、どこに？」

「北城の親分のところに決まってるでしょうが。金玉ひん剝きますよ？」

とっぽい野郎だ。工藤の部屋から出ると、慌てて追いかけてきた吉田は走って波留を追い越してエレベータのボタンを押した。気をきかせたつもりなのか。波留はそれを無視して階段を駆け下りた。

遅れてやってくる吉田に言った。

「いちいちイライラさせないでくださいね。本当に緊急のときは、階段のほうが早いんですよ」

21

「ギブ&テイクだぞ」

足早にやってくると、松尾はそう言った。いつもギブ&テイクだろうに、何を今さら、と思いつつ俺は頷いた。

場所は、北海道庁旧本庁舎。目印の赤煉瓦《れんが》は、今日も艶のいい馬みたいに健康的だ。そして不健康な俺には耐え難いほど、今朝はいちだんと冷えこんでいる。身がきりきりと痛くなる。ブーツのなかの足の指の感覚さえ怪しい。早いところ喫茶店にでも入ってゆっくりしたい。

「こっちのとっておきのネタをやる」松尾はすぐに話し始めた。「工藤の拳銃は、椿を殺したものと一致した。また、部屋から登山用ブーツも出てきた。椿殺しの犯人の足跡と一致する」

「毛蟹強奪犯は工藤ってことか」

で、強奪犯が自殺した、か。できすぎているのは誰にでもわかる話だ。

「工藤は北城とうまくいってなかった。腹いせに勢いでハジけたはいいが、どうにも身動きが取れなくなって自殺した」

「事件解決だ」

「ああ、それで幕引きってことでOKだ、警察はね」

気になる言い方だった。事件を丸く収めるために工藤がスケープゴートになった。それで万事オーケーじゃないのか？

「北城はそうはいかない。毛蟹を回収できてないからね」

そうだった、そのことを忘れていた。

「……甲羅を開けると、蟹味噌の代わりに出てくるのは、白い粉だったりするのかな？」

「覚醒剤五キロ。末端価格四億」

なるほど。そいつが出てこないとなれば、単に北城が警察のために部下の首を差しだしたって事件ではなくなってくる。

　もっと複雑な利害が絡んでいるわけだ。

「ちなみに、椿殺しに関しても、鑑識が今になって面白いことを言い始めている。現場にあった足跡がね、大きさに比べて歩幅が小さすぎるんだと」

「……誰かが工藤に罪を着せた？」

「ブーツが自宅にあるなんていかにもだろ。まあ、それでも警察は誰かが提供した〈犯人〉をありがたく拝受して事件解決とするだろうがな」

　たしかに。殺人現場に履いていって足跡を残したようなブーツなら、さっさと焼き捨てるはずだ。

　つまり、ブーツは工藤のものじゃない。

　歩幅が小さいってことは――。

「心当たりでもあるのかな？」

「……ん？　いや、んなものはねえけど」

　松尾は怪しむような顔をする。

「さあ、ギブ＆テイク」

　今度こそといわんばかりに、手を差し出す。仕方なく俺は松尾に顔を近づけ、声を落とした。とっておきのネタを教えてやるために。世の中、松尾の言うとおりギブ＆テイクは大切だ。

「聞いたら驚きのあまり声をあげるぞ。じつはな……重大な国際紛争の火種があるんだ」

俺は松尾に耳打ちした。

そして、先日の教頭の一件を伝える。途中、状況を再現するために松尾の胸を手で揉み、臨場感を持たせることも忘れなかった。

松尾は胸が性感帯だったらしく変な声を上げた。

「教育者がおっぱいのために日中関係に亀裂を生じさせたんだ。しかもそのおっぱいはシリコン……いい記事にしろよ」

じつに、重大な事件だ。

ネタ交換にふさわしい。国際問題だからな。

松尾の顔に怒りが浮かんでくる前に、俺は足早にその場から離れた。「必ず掘る！」という叫び声が聞こえたが、それくらい叫ぶ権利は奴にもあるだろう。

駅前通りを歩きだしてすぐのことだ。

俺の歩く方角を遮るようにして、黒塗りのクラウンが停まった。厄介なのが来たよ、まだ。俺は内心の憂鬱をなるべく悟られないように前を向き、歩いた。何なら、このまま知らん顔をして車を飛び越えてやろうか。

相田が窓を開け、乗れと仕草で示した。顔を貸せということらしい。まずいな。手を引けと言われたのに、まったく手を引いていないことが早くもバレているのかも知れない。

「乗れよ」

俺が無視していると、相田が重ねて言った。だが、冗談ではない。乗ったが最後、また拷問が待っているに決まっているのだ。やなこった。

俺は無視して速足で歩いた。

「乗れって！」

相田は叫び、車を並走させる。こんな最強のストーカーにつかまった俺はいっそ幸せ者と呼ばれるべきかも知れない。

いよいよ駆け出したが、結果は変わらない。

車は、ぴたりと俺の跡を尾けて速度を上げた。

「当てちゃえ！　当てていいよ。ひいちゃえ！」

車内で恐ろしいことを言っているのが聞こえる。ぶつけられてたまるか。

「わ、わかった！　乗る！　乗るから！」

観念して、俺は立ち停まり、車に乗りこんだ。

車で向かった先は、ススキノの交差点から一、二分の距離にある大浴場だった。高級感が漂っているうえに実際値段も張るものだから、一度しか入ったことがない。仄暗い水族館みたいな大浴場は、気を落ち着かせるにはよかったが、俺みたいな狭い場所に慣れている輩にはかえって落ち着かなかったのを覚えている。

「さあ、行くか」

「え、行く……って、ここ？」

「裸の付き合いと行こうぜ」

嫌な予感しかしなかったが、ほかに選択肢はなさそうだった。

言われるままに車を降りた。

そして——相田と入りたくもない恒例のサウナに行く羽目になった。本当は温泉のほうがありがたいが、いつも通りの相田のごり押しによって俺に選択権はなくなった。

サウナは苦手だ。アロマの蒸気で身体を温められるらしいが、どんな蒸気だって熱い湯にはかなうまい。第一、ここのサウナはいささか暑すぎる。低血圧の輩には健康的かも知れないが、昼間から酒を飲み続けている俺のような人間にとっては血圧が上がって息切れも起こるし、生命《いのち》の危機を迎えるに等しい。

そんな俺の気も知らずに、相田は口元だけでニタニタと笑いだした。

「北城ンとこは上を下への大騒ぎよ、へへへ。俺は最初から北城の内紛だと見込んでたがな」

相田の機嫌がいいのは気色悪いが救いではあった。こいつの機嫌がいいのと悪いのとでは、俺の寿命が変わってくる。なるほど、極寒の拷問とは違って、これは本当に拷問じゃなく接待のつもりか。

「毛蟹の中身はどうなったか、情報ないか?」

想定外の寄り道からでも新たな情報が仕入れられるなら無駄にはならない。

「北城のヤロウ、血眼《ちまなこ》で捜し回ってやがる。近年こんな愉快なことはねえな!」

裸の付き合いとは言っても、ここまで暑いのは誰も望むまい。だが、相田にとってはこれが適温なのか、いつもどおりの仏頂面だ。口元だけが綻んでいる。

そこへ熱波師としてブッチョが入ってくる。毎度スーツを着たままで暑そうだ。

「ただ今よりロウリュ始めさせていただきます!」

ロウリュは蒸気を発生させて体感温度をさらに上げる入浴法だと入る前に説明があった。聞いただけで暑い。溜息をつきかけるが、吐く息すら生命を縮めるんじゃないかと思うくらい暑いので割愛する。

「……犯人はもう売り捌いちまったんじゃねえか?」

「おまえも素人だな。いいか、道内で五キロもシャブを捌けるのは、花岡以外にウチの系列だけだ。だがうちに話は来ていない」

ブッチョがタオルを水平に構え、立膝をついた。

「熱波、送らせていただきます!」

タオルを扇いで熱波を俺たちに送る。やめろ。相田、おまえなぜ平気なんだ、地獄だぞこれは。少なくともまんねん二日酔いの俺にとってはおもてなしじゃない……。

「……内地には、手を挙げる連中だっているだろ？」

「花岡系列のブッとわかってて手を出すめでたいヤツはいねえよ」

「北城でも？」

「北城が馬鹿ならやるかもな。花岡組の内部の人間なら、余計にわかってるはずだ。売り先がないってことを」

「売り先も考えずにこんな馬鹿な真似をしたのか？」

「馬鹿なんだろうさ。シャブを抱えたまま、どこにも捌けなくて困ってんだろう。こいつにおかわり」

酒を奢られたほうが何千倍も嬉しいんだが。

「おかわりいただきました！」

ブッチョが勇ましく言ってまた熱波を送る。やめろ、殺す気かブッチョ……。相田が俺を押さえつける。機嫌いいと思ったのにやっぱり脅されるのか、俺は。

「ほかに聞きたいことはねえのか？」

もてなしてるのに俺の質問がさっきから期待外れってことか？　まあ、仕方ないか。こっちもいちばん聞きたいことをずっと避けている。観念して、俺はいちばん知りたいことを、いちばん相談したくないこの男に尋ねることにした。

「……ピュアハートのマリって女、知ってるか？」

相田の手が緩む。

「北城がモデル事務所をあてがってやったぼーっとした女だ。……だが、去年あたりから評判が変わったな……すっかり女王様気取りでカネカネカネの業突《ごうつ》く張りだとよ」

評判から構築すれば、そういうイメージができあがっても仕方がないのか。たしかに、今のマリはぼーっとした女ではないし、外見は派手そのもの。

「そのスケがどうかしたか？」

「いや……それにしても、手を引けって言ってたのにずいぶんぺらぺら喋ってくれるんだな」

「この間はやり過ぎたと思ってな。罪滅ぼしさ」

「嘘つけ、矛先が自分たちから外れた途端、俺をけしかけて花岡の内紛を楽しもうって腹だろ」

「こんなことで手を引くおまえじゃねえだろ、つつけ！　つつけ！　こいつにおかわり！」

「おかわりいただきましたー！」とブッチョが叫ぶ。

もういいだろうよ。

俺は熱波に悶《もだ》えながら、マリのことを考えた。

金の亡者になった業突く張り——には俺にはやはり見えなかった。

22

雪を踏みしめるぎゅっぎゅっぎゅっぎゅっという音が耳に馴染んでかれこれ一時間ほどが経っただろうか。サウナの後でこれほど外に突っ立っていることになるとはしょうじき思わなかった。このままでは風邪をひいてしまう。

マリのマンションに入るまで、さんざん俺は周囲の様子を窺った。マリはまだ戻ってきていない。北城が現れるなら、例の黒塗りベンツで登場するはずだが、今のところ見当たらない。

もうこれだけ観察していても無反応なのだ。誰もマリの部屋にはいないんだろう。そう確信してから、俺はぶらりと電信柱の陰から出て、マンションの一階共用部であるエントランスホールに入りこんだ。素早く大理石製の支柱の陰に身を潜め、自動ドアからの出入りをチェックする。

と——そのとき一人の女性がエントランスホールに入ってきた。ウェーブのかかった髪の感じは遠目にはマリによく似て見えた。鍵を捜しているのか鞄を覗いているために顔が見えない。もう少し見極めねば、とわずかに身を乗り出したその瞬間のことだった。

何者かが背後から俺の口をふさぐように羽交い絞めにした。

探偵失格。

また尾行されていたのか。

とっさに振りほどき、殴りかかろうと固めた拳が、行き場を失った。

俺の顔を見てケラケラ笑っているのは、岬マリだった。何の邪気もない笑顔に、俺は完全に毒気を奪われた。それまでのミステリアスな仮面を、彼女が取り外しているのだ、という気がした。ステンドグラスみたいなくっきりとした色彩がいくつも折り重なった花柄のコートが、エントランスホールのシャンデリアの輝きの下で美しく照り映え、彼女を〈ヤクザのボスの女〉から一人の女性へと還元した。なぜかはわからない。だが、今夜の彼女はそれまでとは違って、明らかに自我を解放しているように見えた。

「遊ぼうよ」

俺の読みを肯定するように、マリはいたずらっぽく笑って言った。

あのとき、絶望の淵で勧められるままに熱燗を口にした女はここにはいない。あの頃とは違う女がいる。

だが、それでも、仮面を外した今の彼女はやはり金の亡者には見えなかった。

この女は——何者なのだろう？　何を企んでいる？

「……どこで遊ぶ？」

マリが右手を差し出した。

「エスコートして。探偵さん」

俺はおそるおそる彼女の手をとった。

「お付きの連中は？」

「今日は北城たちはクラブでオールナイトで盛り上がってるはずよ」

「信用できないな」

「何と言っても、どのみち信用しないんじゃない？」

「あんたのスマホで居場所がわかるようになっているかも」

「じゃあ、これ、置いていく？　べつにいいわよ」

彼女は鞄の中からスマホを取り出して見せる。何の問題もなさそうだった。

この女がどういうつもりで俺を誘っているのかわからない。だが、どんな魂胆があるのであれ、乗っかってみなければわからないこともある。

「なら、走るぞ」

「え？」

「全力疾走だ」

尾行者がいるにしても、路地裏を走って逃げ、何回か曲がって入れば撒くことができる。

計五回曲がったところで、大通りに出ると、そのままやってきたタクシーに手を挙げて飛び乗った。

複合商業施設〈ノルベサ〉の前で俺たちはタクシーを降りた。その七階屋上には、ススキノの街の最果てまで見渡せる観覧車〈ノリア〉がある。夜にここから眺めると、札幌の街並みは宝石に変わる。

屋上は、平日ということもあって空《す》いており、待つことなくすぐに観覧車に乗ることができた。動き出すと、マリはそれまでの隙を見せない表情から一変して、少女の顔になって窓に張り付いた。

「初めて乗った……。いい眺めね」

蠢《うごめ》くイルミネーションのなかで、〈さっぽろテレビ塔〉のライトアップが、ランドマークとしての存在感を強烈に放っている。

「……麗子を返せ」

雰囲気に呑まれることなく、俺は言った。それが彼女の楽しい気持ちに水を差したのは、彼女が少女の顔をやめたことですぐにわかった。

「返すわよ、そう言ったでしょ」

「犯人が捕まって事件解決したらな。だが、その犯人がおまえの場合はどうなる？」

「……は？　何言ってんの、犯人は工藤……」

「工藤じゃない。椿を殺したのは、小さな奴なんだよ……でかいライオンを装った、ネズミだ」

マリの顔色がわずかに変化した。

バレるとは思ってもいなかったって顔だ。

靴跡のトリックは、せいぜいどこかの本で読んだか何かしたのだろう。日本の警察をナメていたわけだ。

だいたい、小さい男がでかい男を装うなんて無意味だ。それで容疑がそらされる可能性なんか万に一つもないのだから。

そう考えれば、犯人は女だという結論に誰だって行き着く。椿はあの日、拳銃を取り出してマリに向けたのだろう。

運転席にいたマリは変装した恰好で、じっと椿を見上げ、ウィンドウを開けて一発目を撃つ。

それから外に降り立ち、容赦なくとどめに数発を撃ちこんだ。

「そうなると疑問が生じる。麗子だ」

——背の高い男の人だった。

麗子のあの証言だ。麗子は存在しないはずの「背の高い男」を捜していたわけだ。

「そもそも犯人はなぜ、トラックの輸送ルートや時間がわかったのか。答えは一つ」

「……一つ？　何かしら？」

ようやくマリに観念したような表情が浮かぶ。

脳裏には事件当日の麗子の様子がありありと浮かんできた。麗子が恐る恐るトラックの外を覗きこむ。

銃を構えた女が助手席にいる麗子を見上げている。自分の足のサイズよりはるかに大きなブーツを履いたマリだ。マリはまだ事態が呑みこめず怯えた様子の麗子に、顎で車から降りろと命じる。

「要するに、麗子が最初からおまえの協力者だったんだ」

「……あんまり馬鹿馬鹿しくて話す気にもなれないわ」

そうかい。なら、なんでそんなに頬を引きつらせる？

「麗子としては、まさか殺しをやるとまでは思ってなかったんだろう。だが、途中まで協力したら、最後までおまえの言うことを聞くしかない。オーナーだしな。おまえは、麗子を利用して犯罪の片棒を担がせたんだ」

そこまで聞くと、マリはなぜか笑いだした。

「面白い推理ね。その場合、工藤はどうなるの？」

「……おまえと工藤はグルだったんじゃないか？　あいつなら五キロのシャブを捌くこともできたかも知れない。だが仲間割れした。分け前を多く寄越せとか、俺の女になれとか……まあそんなところだ。とにかくおまえは工藤が邪魔になった」

一度男女の仲になってしまえば、二人きりになる機会は山のようにできる。もともと工藤は幹部クラスで、北城の送迎もやっていた男だ。北城の動きは把握しているから、バレる脅威もない。

いつでも、誰に露見する危険性もない時間に二人は恋人として時間を過ごせたはず。マリにすっかり心をゆるした工藤は、ことに及んだ後で眠りに落ちてしまう。マリはバッグから拳銃を取り出して、工藤の手に握らせ、こめかみにあてる。

バン。

いや、それだってなかなか勇気のいることだ。いつ目覚めるとも知れない男に、華奢《きゃしゃ》な女がとる行動としては命がけの部類だ。

だが――一度自分の命を捨てかけた、この世に未練を持たぬ女なら、どんなことだってやれただろう。

「すごい……それが本当なら私ってすごいね」

「ああ、すごすぎるよ……抜け殻だった奴が」

マリは俺の顔を見つめた。

「久しぶりだな……覚えていてくれて嬉しいよ、ネクタイするような奴じゃないって」

――ネクタイ、お似合いですね。

あの時、すでにマリは気づいていたのだろう。俺が四年前に彼女を助けた探偵だってことに。

「北城が気づくのだって時間の問題だぜ……売れないシャブ抱えて、おまえひとりでどうするつもりなんだよ」

殺人事件のほうは工藤を犯人にすることで片がついても、消えたシャブの問題は残ったままだ。北城がそれを見逃すはずがない。

工藤が殺されたとなれば、奴の身辺が徹底して洗われる。

はたして、マリにどれほどの猶予が残されているのか。

俺の心配をよそに、マリは吹き出した。

「……探偵みたい」

マリは現実を忘れ去ろうとするように窓の外の景色を眺めだした。

観覧車は、ゆっくりとてっぺんに到達しつつあった。

つかの間の、二人だけの時間。現実逃避か。

観覧車が地上に降りたら、俺たちはまた別々の道を進む。俺は依頼人のもとに麗子を連れ戻さなくちゃならないし、マリは五キロものシャブに始末をつけなくちゃならない。

「きれいね……一番高いところからの眺めは。でも、長くは続かない。登り切ったら、あとは下がるだけ。人生と同じ」

「どう下がるかで人間の品格が決まるぜ」

俺は思ってもいないことを言っていた。

内側に絶望を抱えこんだ宝石みたいな女の横顔が、思ってもいない台詞《せりふ》を吐かせたらしい。

「飲まない？　誰かと乾杯したいの、もうすぐ誕生日だから」

「……おまえのか？」

「内緒」

脳裏に浮かんだのは、モンローの話だった。

彼女が子どもを身籠っていたという話。恐らく、死産だったんだろう。その子の誕生日ってことか。

「いいよ、付き合おう」

ススキノの街は広い。

相田たちのエリアで、花岡組の連中がおいそれとはやってこない場所を選んでマリとともに入った。

過去を喋りたがらない女と時間を共にするときは、結局自分が喋ることになる。そして、よくないことに、男は自分の話を聞かせれば聞かせるだけ気分がよくなり、相手に惚れこんでゆく。

二軒目に向かうときには、俺たちはじゃれ合っているカップルにしか見えなかったかも知れない。俺もしみったれた自分の人生の中から選《え》りすぐりの笑える話を用意したし、マリはそれに上機嫌で笑い声をたてた。

俺たちはまだ夜という巨大な観覧車に乗っているのだ。

朝が来たら、べつべつの道が待っている。

だからこそ、俺たちは大いに笑い、大いに見つめ合った。

「で、ケチャップが手についてるって見抜いたわけだよ」

まあ、例の教頭の話もこのように披露した。最近のテッパンネタだからな。

「すごい！　名探偵！」

なんで探偵と名探偵ってのは、一文字違うだけなのに、こうも違う職業みたいに意味合いが変わってしまうのかね。

俺はへらへらと笑いながらそんなことを考えていた。

「ねえ、どんな依頼でも引き受けるの？」

マリが不意に尋ねる。

「ギャラ次第だな、俺は高いぞ」

「今回の仕事は？」

「麗子捜しか？」

俺は金額を耳打ちする。

「一万八百円？　嘘でしょ？」

「嘘だって思いたいけどね、俺って馬鹿は引き受けたんだな、何故だか。一万ぽっきりなら断ったかも知れんが」

「それであんな目に遭ってるの？」

「遭わせたのはおまえだろうが」

こんな話題で笑い合っているなんて、本当にどうかしていると俺は内心で思ったが、楽しい気分が止められるわけではなかった。どうやら、俺は夜の魔法にやられてしまったらしい。

「私の依頼ならいくらで引き受ける？」

その刹那、マリの目が遠くを見るようになったのを俺は見逃さなかった。

「受けない」

「百万でも？」

「百八万なら考える。消費税だよ」

マリはまた笑った。冗談だったのか、本気だったのか。だが、結局それきりその話題からは離れた。

ただ、青春より短い、閃光のような煌めきを放つ夜に、その笑い声は柔らかく溶け、俺の心に小さな火を灯した。

それでも夜中、ベッドの隣に裸のまま何の警戒心もなく俺に体を寄せて眠りこけているマリを発見した時は少なからず驚いた。

記憶はすべてあった。ぼやけたところは一切ない。

だからこそ、自分を疑った。

「……正気かよ、俺」

マリの髪に、手を触れた。そっと髪をかき上げ、耳にかけてやる。

この女が死に接近した四年前の夜、俺は彼女を見つけた。ほかに彼女を見つけられる人間はいなかった。

なぜ俺だったのか、なんて考えるだけ無意味だ。

ただ、また彼女がどういうわけでか危険な道へと猛進するさなかに、俺がふたたび登場し、こういうことになったというのは確かだ。

その子どものような寝顔を見ていると、なぜだか無性に切なくて、何度でも抱きしめたくなった。

四年前のあの夜から、こんな華奢な身体で、彼女は一人走り続けてきたのだ。

昨夜は、つかの間の解放区か。

俺は身を起こすと、バスローブを羽織り、マリのバッグの中を調べ始めた。化粧ポーチにハンカチ、スマホ、財布、絆創膏《ばんそうこう》……女なら誰でも持っていそうなものばかりだ。念のため財布の中も確かめたが、顔に似合わず運転免許証がゴールドだったくらいしか特筆すべき発見はなかった。

だが、バッグの底板の裏側を探ると、なにやら処方薬が出てきた。

かなりの量だ。

薬品名を見て、固まった。

無茶な計画を立てるわけだ。

本当に、一夜の観覧車だったな。そして、乗ってはいけない観覧車だったかも知れない。

もう手遅れだが。

四年前、うつろな目で熱燗を飲むマリに、モンローが言ったっけ。

――少しは体をいたわりな。本当に死んじゃうよ。

――……別にいい。

――死にたいわけ？

――死にたいとも……生きたいとも……思わない……ただ息吸って吐いてるだけ。

モンローはかぶりを振った。死に物狂いで生にしがみつこうとしている彼女には、わからないだろう。俺はわかったかって？　もちろん、一ミリも理解できなかった。だから言ったのだ。

――まあ、それでもいいさ、とりあえず生きとけ。な、生きてりゃそのうち何かあるさ。

酔っていたし眠かったし、共感しようのない悩みだしで、口から出たでまかせだった。

――……何か……って？

――何かってそりゃ何て言うか、命を燃やすものだよ。

――……命を燃やすもの……？

――それは自分にしかわからないもんだ、他人から見たら下らないものだったりするしさ。

そんなもんおまえにあったかよと自問していたのを思い出す。あったら、こんなところで一万八百円の依頼なんか受けていないだろう。

――たまぁには、いいこと言うよね。

古い付き合いのモンローはそう言いつつも俺のテキトーさを見抜いていただろうが、マリは違った。いささか俺の言葉を真に受けたように一点を見つめていた。慌てて俺は彼女を茶化した。

――おまえみたいなやつに限って、私出会っちゃった〜とか言ってあっさり手に入れたりするんだよ、馬鹿野郎。

――……。

――だからさ、それまでとっとけ。

一生懸命になんか生きなくていい。おざなりでいいんだ。ただちょっとたまに顔を上げて、辺りを見回せ。ひょっとしたら、何かある。

それはとどのつまり、俺のだらりとした探偵作法を説いただけのようなものだった。ただ息を吸って、吐いているだけ。

彼女は生きたいとも死にたいとも思わずに、それでも俺と約束したとおり、とりあえず呼吸をし続け、今日まで生き長らえた。

身も心も、死の淵に置きながら。

彼女の額にキスをした。

おまえは偉いよ。俺なんかよりずっと……。

すると、寝ぼけ眼《まなこ》のまま、彼女の腕が俺の首に巻きついた。

そのまま、もう一度俺たちは絡み合った。

青白い空の向こう側から、かすかに朝日が入りこむ。夜の観覧車が終わろうとしていた。


朝になった。

目覚めると、わかっていたことではあるが、彼女の姿はなかった。

俺は寝癖のついた頭を掻きながらベッドから身を起こすと、冷蔵庫へ向かった。胃のむかつきをペリエでやり過ごそうと思ったのだ。だが、冷蔵庫を開けようとした刹那、その上に置いてあるメモに気づき、つまみ上げた。

『引き受けてくれてありがとう。ご主人様』

「……え？」

そのメモの下に、封筒があるのに気づく。

中を見ると、ある程度想像していたとおり、札束だ。厚みから察するに、およそ百万ほどか。いや――たぶん百八万あるんだろうな。

眉間に皺を寄せても、封筒から顔をそむけても、現実は変わらなかった。そうか夢じゃないってんだな。俺は封筒を手に取って、正確に百八万あるのか数えてみることにした。百八って、煩悩の数じゃないか。まさにこれは俺の煩悩が仕出かした最大の過ちには違いなかった。十ずつ数えて、十束、それと余りが八枚。

まだほかにも入っていることに気づく。

封筒を逆さにして軽く振る。すとん、と俺の掌《てのひら》に落下してきたのは、白い粉のつまった薬包袋だった。

ここまでの事態になると、人間は喜怒哀楽が逆転するものらしい。俺は笑った。そうか、夜の観覧車は地上に到着。そこは、もとの世界ではなくて地獄でございますってわけか。

「……俺の馬鹿！　俺の馬鹿！　俺の馬鹿！」

わかってはいたことだが――俺は、馬鹿だった。

23

いよいよか――。

高田は通い慣れた北大農学部の研究室を見渡した。研究資料やデスクトップパソコン、麻雀セット、ゲーム機といった私物のほとんどは新しい研究施設に運ばれていて、ここにあるのは最後の一箱。

これで、いよいよここともおさらば。

ニュージーランドの牛が、高田を手招きしている。

最後の私物を整理し、運び出していると、通りかかった教授に声をかけられた。

「旅立ちだな」

「……お世話になりました」

高田は深々と礼をした。いよいよこれからは、誰にも頼らず新たな研究室で実力だけで勝負していかなければならない。頼れるのは、それこそ牛くらいだ。

「あっちに着いたら、連絡してくれたまえ。これからの活躍を期待しているからね」

「ありがとうございます」

教授が立ち去るのを見送っていると、高田のスマホが震えた。

どうせ探偵だろう。こういう間の悪いタイミングで呼び出すのはアイツしかいない。あいつもつまらないやり取りは全部メールで済ませるようにすればいいのに。高田は荷物を置いて電話に出た。

「おう、どうした？」

電話の向こうの探偵はいつになく興奮していて落ち着きがない。

「俺は馬鹿だぁああ、あああもう馬鹿、ホント、どうしようもない……どうしよう高田、俺馬鹿だった……」

何だ、どうした？　いつからこいつは自分が馬鹿だと認められるほど謙虚になったんだ？

「……落ち着いて話せよ。……おまえが馬鹿なのは知ってるよ」

「とんでもないことを引き受けちまった。ぁあああ馬鹿だったぁ……俺の馬鹿、ホント馬鹿……」

「何を引き受けたって？」

パニックを起こしているせいか、かなり要領を得ない喋り方をする。高田は頭を悩ませつつも懸命に耳を傾け、探偵の身に起こっていることのあらましを聞き取った。

話を聞いて、高田は一瞬言葉を失った。

「マリにシャブを預けられただって？」

「そうなんだよ、ああマジでヤバい」

なるほど——大馬鹿に違いない。

「嘘だろ……引き受けたのか」

「引き受けたわけじゃない！　はずだ！　ハメられたんだ！　いや、ハメさせられた、いや、あの、とにかく猛烈にヤバい！」

何を言っているのかわからないが、とにかく、超ド級にヤバいことはよくわかった。

「いいや。行くよ」

まったく、旅立ちの朝だっていうのに、人騒がせな野郎だ。高田は小さく溜息をつき、時計を見た。間に合うか……。まあとにかく探偵のアパートに行くだけは行ってみよう。考えるのはその後だ。

高田は高田号のエンジンがうまくかかるように祈りながら、研究棟の階段を駆け下りた。

24

電話を切っても気分は一向に落ち着かない。

俺は馬鹿だった。

いやぁああ知ってはいたんだ、馬鹿だって。

なのに、なんで……。

そうだな、情にほだされた。うん、いとも簡単な理由じゃないか。俺は、自分が馬鹿なのも忘れて、マリに同情した。あの生に頓着しないうつろな眼差しを、輝かせたいとか思ってしまったんだ。

それで調子に乗って馬鹿話をして笑わせるうちに、また笑顔がかわいいもんだから、もうだんだんたまらなく愛おしくなっちまったんだな。

俺は慌てふためき疲れて、ぐったりとうなだれた。

ドアをノックする音が響いたのはそんな時だ。

高田が到着したか。まずはアイツに話そう。人に話すだけでも悩みは半分に減る。今の役立たずの調子コキ探偵はとにかくゴミ箱へポイだ。俺はすぐに玄関を開けた。

「早かったな、イヤまいっ……たよねぇ……」

そこに立っていたのは、ニコニコした波留と手下たちだ。

「お邪魔しますよ」

波留は抜け目のない顔でにっこりほほ笑んだまま言うと、言葉とは裏腹のがさつな動作で手前にあったテーブルと椅子を蹴飛ばした。

それから、手分けして、あちこち引っ掻き回して捜し始める。

「わるいけど、散らかします」

もう散らかしてるじゃねえか。

「元から散らかってるんで構わないっす」

そう、俺は頭のいい探偵だ。同じ轍は踏まない。波留って野郎には用心してもしすぎるってことはない。とにかく刺激しないことだ。

何しろ、俺の部屋にはいま――。

俺はそれとなく身体を移動させ、ポケットの中のシャブの薬包袋を備え付けのダストボックスに投げこんだ。ひとまず証拠は隠滅。マリ、こういうことだろ？　俺は依頼を守ったぜ。

これでおまえは自由だ。

俺もこいつらが帰ったら、足りてない睡眠を補うべくもう一度寝て、それでこの件はおしまいだ。

「な、これといって珍しいものは何も……」

「ありました」

手下の一人が言って、薬包袋をぶら下げて見せる。

俺がいましがた捨てたのと同じやつ。

思いだした。

シャブは全部で五キロ分。

あんな十グラム分もないやつを一つ捨てて安心するなんて俺はどうかしていたのだ。

奴らは次々にシャブを発見していく。何てことだ。マリは俺を疲れさせるために二度も三度も身体を重ねたってわけか。それで俺が眠った隙に部屋じゅうにシャブを隠した——と。

「こっちにも」

「こっちにも」

次々手下が持ち上げる。

百八万でも高すぎる依頼だ。殺される依頼なんか聞いたことがない。

とりあえず俺が祈るのはただ一つだけだ。

おい高田、何やってんだ、早く来いよ！

波留が、指の骨を鳴らしながら俺のほうへとやってくる。

高田——。

25

「間に合わなかったねぇ、俺」

高田は高田号を急停止して、目の前に広がった光景を眺めていた。探偵のぼろアパートの前には、黒塗りのベンツが数台停まっていた。先を越されたのだ。

ちょうど探偵の部屋のドアが開いた。

中から出てきたのは、波留とその部下の男たちだった。

間にいるのは——探偵。

相当痛めつけられたのか、顔には生気がなく、抵抗する素振りはまったく見られなかった。相当まずいってことだけは理解できた。だが、今出て行って喧嘩をけしかけても多勢に無勢だ。

波留と一対一でも勝てる確率はかぎりなくゼロに近いのに、ほかの連中まで相手にできるわけがない。

「しかし……激しくヤバいな」

高田はそう呟きつつ、彼らの行動をしばし見守ることにした。

車が動き出すと、すぐに高田号のエンジンを吹かした。尾行のために距離をとろうとしなくても、どうせこの高田号ならしぜんと間隔が空く。

むしろ、見失わないかどうかが心配だった。ていうか、俺は本当にこれから探偵を助けるのか？　高田は内心で訝《いぶか》っていた。何しろ、時間がない。今日は、本来なら出発の日なのだ。

ススキノの南七条に差し掛かったところで、車が停まった。

巨大な女神の頭部を象《かたど》った岩窟みたいなクラブの近くにある駐車場だ。

高田はクラブ付近に路駐し、様子を見ることにした。

入口に手下が二人いる。黒塗りの車から波留や手下たちに降ろされて探偵が正面のゲートから中へと入ってゆく。

こんなピンチに陥っている探偵は見たことがない。

時計を見る。そろそろ駅に向かわなければ間に合わない時刻だ。

どうしよう？

決断の時だ。高田は目を閉じ、深呼吸をした。

目を開けた。答えは、決まっていた。

26

高田の馬鹿は一体何をやってやがるんだ？　俺はたしかに馬鹿をしたが、やっぱり大馬鹿は俺じゃなくて高田だ。こんなときに限って俺を助けにこないのがその証だった。死んじまえ。

だが、奴を心の中で何万回と罵《のの》ったところで状況は変わらない。

俺は、石ころみたいに蹴り転がされていた。このままいけば骨の一本や二本は確実に折れるだろうし、何なら内臓だって破壊されてしまうかも知れない。それでも生きていりゃまだマシなほうだ。

ボコッと音がして鳩尾《みぞおち》に蹴りが食いこむ。もう少しで昼に食べたものを吐き出すところだった。

岩窟みたいなデカ箱のクラブに入ったあたりから、ある程度死は覚悟していた。夜には踊り狂う人々の喧騒で溢れかえるであろうこの場所では、今は俺の身体が殴打される音と呻き声以外は聞こえない。

ハウスミュージック、EDM、HIP HOPの大音量さえ外部に漏らさない密室でいくら泣き叫んだところで、誰かが助けに来てくれる見込みはない。それにまだ時間は夕方。クラブに人が集まるのは数時間先。それまで生きている確率は限りなくゼロに近い。

最悪は、生きたまま冬の日本海に沈められるって可能性だ。なくはない。奴らの筋書きはこうだ。シャブを隠した張本人はこの探偵様。

俺は麗子の行方を追ううちに工藤がシャブを持ち逃げしたことに気づき、工藤からシャブを奪って殺した。そして、そのまま本州にでも高跳びして、べつの組織に売りつけようとしていたってわけだ。

これなら花岡も納得するかも知れない――。

まったくありがたくない話だが、奴らの考えた筋書きとしては上等なほうだろう。

だが、カツ、カツ、と音がして、その場に新たに何者かが連れて来られた。その正体を見て、俺は自分の想定した筋書きがすべて覆されることになった。

どういうことだ？

我が目を疑った。

目の前にいたのは、手錠をかけられたマリだった。

マリが捕まっているということは、彼女の犯行がバレたってことか？　ならば、なぜ俺まで捕まっているんだ？

共犯と思われているのか？

ソファには北城。波留が薬包袋を五つ、北城に差し出して何か話している。それが終わると、北城は俺のもとへやってくる。間近で見ると、いかにも情の薄そうな男だ。人の命を虫けらくらいにしか考えていない奴。

慈善事業だなんだと動き回るのは、子どもが昆虫を飼う感覚だろう。生かしてやってるという手応えがほしいだけに違いない。歯向かえば、どんな相手だろうと容赦なく殺す。

そういうタイプだ。

「うちのマリが大変お世話になってるそうで」

「……とんでもない……」

北城が俺の頬を平手打ちした。

とんでもなくお世話してしまったのがバレているらしい。

「マリから伺ってます」

ああ、そういうことね。また平手打ちが飛ぶ。

「とっても」また平手打ち。「かわいがって」バチン！「下さってると」発言の合間に平手打ちを喰らわすのは卑怯者のやる手口だ。こっちは言葉を聞けばいいのか、ノックアウトされればいいのかわからなくなるじゃないか。

北城はマリから奪ったスマホを俺に見せる。

「ほらほら、何すか？　これは」

それはマリがベッドで爆睡している俺に寄り添ってVサインをしている自撮り写真だった。我ながら間抜けな寝顔だ。

なるほど。マリははじめから俺をこんな形で道連れにするつもりだったわけか。

この道連れの料金が――百八万か。

俺はマリを見た。が、マリは俺と目を合わせようとはしなかった。

北城が、部下から拳銃を受け取る。

「でも、人のものを盗っちゃいけないな」

シャブのことか、マリのことか、などと聞き返せる精神的余裕も、肉体的余裕も、俺にはなかった。

銃口が、まっすぐ俺に向けられた。

いよいよこのだらしない人生を終わらせる時が来たようだ。

27

なんで俺はここにいるかなぁ、と高田は内心で思っていた。

引き返して駅へ向かうはずが、気がつくとコインパーキングに駐車してこのビルに入りこんでいた。

建物の背面にある外階段から足音に気をつけて忍びこむ。

問題は、どうやって探偵を救い出すか、だ。高田はこのクラブの内部構造を把握しているわけではない。ただ、クラブである以上、一階が二層か三層か吹き抜けのダンスフロアになっているだろうことは何となくわかる。となると、奴らは一階にいる、と考えて間違いないだろう。

通路を進んでいくと、途中にドアがある。

ここを開けてみるか。

賭けだなぁ。素手同士なら大抵のヤツには勝てる。だが、ここには花岡組の面々が揃っている。チャカは腐るほどあるだろう。場合によっちゃ、侵入して即死ってことも……。

だが、そうも言っていられない。こうしている間にも探偵には死が近づいている。

高田は思い切ってドアを開けた。

そこはVIPルームのようだった。人の気配はない。もっと奥へと向かってみることにした。ドアを開ける。食器が収納してあるパントリーみたいな部屋に繋がっていた。従業員の男と女がイチャついている。お取りこみ中どうも。じっと見ていたら、当たり前のように目が合ってしまった。茶髪にピアスをした、標準的クラブスタッフといったところ。女のほうはまだ学生か。

まだ日の暮れるちょっと手前だ。微妙な時間だから、北城たち以外に客はいないのだろう。従業員も暇なわけだ。

一つ働いてもらうか。

ここには、従業員と奴らしかいない。なら、自分はそのどっちかでなくちゃならない。従業員に見えなければ、組の者になるだけだ。

「社長がいらしてんのに何やってんだ馬鹿野郎！　珈琲はお出しししたんだろうな？」

「コ、コーヒー？」

「言われなくても、社長がいらしたら人数分コーヒーをお持ちするのが当たり前だろうが！」

「は、はい！　ただ今！」

信じたようだ。やってみるもんだ。大慌てでコーヒーカップを用意し始める従業員の男女の様子を眺めながら、高田はふゅーっと息をついた。さあ、問題はここからだ。

彼らが並べたコーヒーカップの数は十を超えていた。

やれやれ、これは生きて帰れるかな？

28

リボルバーがくるくると回る。

昨夜の観覧車みたいにのんびりじゃない、高速回転だ。その中に一発だけ弾丸が込められている。

そして、銃口はふたたび俺の額に。

ルーレット、スタート。

「はい、私の商品はどこにあるんでしょうか！　5！　4！」

北城は突然引き金を引く。

だからそれ卑怯者のやることだって。やるなら1まで数えろよ。

空撃ちで命は助かったとはいえ、俺の寿命のほうは十年ほど縮んだ気がした。

北城は大笑いしながら、今度は拳銃を俺の口に押しこんできた。

俺がしゃべるか、弾が出るまでやるみたいだ。

でも困ったぞ、俺はどこに商品があるか知らない。

「どこにあるんでしょうか！　5！」

「いえあいあお！」

俺がもごもご言うので、ようやく北城は銃を口から抜いた。

「何だって？　あ？　聴こえないんだ！」

言いながら引き金を二回連続で引く。ともに空撃ち。

寿命が縮みすぎて生きている感覚はすでになくなっていた。

北城の目は、そんな俺の様子を心から楽しんでいるようだった。コイツは完全にイッちまってるらしい。

「残り三発、三分の一だ。5！」

俺は目を閉じた。目を閉じれば、早めにあの世へ行けたりしないだろうか。銃弾が俺の頭を通過するより先に死ねることを望む。

だが——その前にマリがしゃしゃり出た。

「ごめんなさい、私が馬鹿でした……こんな男に騙されて」

おいマリ……それはあまりに卑怯すぎるだろう。

北城はマリの髪を撫でた。触るな馬鹿、と言いそうになるあたり、騙されたのに俺はまだどこかでマリを自分のものと感じているのか。まったく、おめでたい。

「俺はおまえの素直なところが好きだよ。悪いのはこいつ。おまえは利用されたんだ。だろ？　もう帰りなさい」

そいつはなかなか強烈な誤解だが、それでマリが助かるなら俺も本望。嘘だけど。全然本望じゃねえよ。

さあどうする？

マリは一瞬だけこちらを見たが、すぐに立ち上がった。

そう、それでいい。狡猾に生き延びろよ。生きてりゃそのうち何かある。いや待て、俺はどうなる？

だが、俺の内心の困惑などどうでもよくなる出来事が起こった。

歩き出そうとするマリの髪を突然、北城が乱暴に摑んで拳銃を突きつけたのだ。

「こんな感じか？　ん？　こんな感じだろ？」

マリ自身、この展開はまったく予想していなかったようだ。

「小芝居で俺を騙せば、こんな感じで自分は逃がしてもらえると、そう思ってたんだろ？生ゴミ！」

そのまま壁に強烈に打ち付けられ、マリは倒れた。

「波留、生ゴミ、処理しとけ」

「どっちの生ゴミを？」

北城にこんな口が利けるのも、波留がナンバーワンの腕を持っているという自負があるからだろう。それに工藤なき今、内部における波留の立場は必然的に上がっているようだ。

「どっちもだ。先にブツの在処《ありか》を吐いたゴミを助けてやる。やれ」

波留と手下たちが俺たちを取り囲む。俺はマリと顔を見合わせた。在処を吐いたゴミを助けるってよ？

つまりだ。この時点で明らかなことが一つ。

在処を知らない俺という生ゴミは、助かりようがないってことだ。

29

吉田は中二階から、クラブホールの一階で波留に痛めつけられるマリと探偵の様子をぼんやりと眺めていた。波留が拷問をするシーンは何度も見ている。それが北城の女だろうが、取り立てて興味をそそられることはなかった。

ただ、おもしろくなかった。

爪を研ぎながらもはらわたが煮えくり返っていた。以前から波留の態度は気に食わなかった。武闘派ってだけで吉田より十以上も年下の男が、完全に自分を下っ端扱いする。武闘の心得のあるなしでそんな仕打ちをされていいものなのか？

そのうえ――工藤が死んで、一気に波留の権限が強まりつつあった。今だってそうだ。拷問くらい、吉田にだってできる。なのに、北城は波留に任せた。まったく面白くない流れだ。だが、弱肉強食。ここはそういう世界だもんな。若造が鉄拳ひとつで偉そうにしていたって、文句は言えない。嫌なら――そう、チャカでやるしかない、か。

吉田は鼻をヒクッと動かした。昔からやめられない癖だ。

人を殺したことは何度かある。だが、そのたびに上から叱責を受けてきた吉田だった。「てめぇは殺し方が雑だ」と。雑なつもりはなかったが、一度などは殺しの相手を間違えて掃除屋を出動させる事態となった。あのときは工藤に半殺しの目に遭わされた。

いつも吉田はここぞというところでヘマをする。

だが、もういい大人だ。今度こそ大丈夫。この拳銃で、一発で波留を仕留めてやる。

背後でノックの音がしたのは、そんなことを考えているさなかのことだった。

「遅くなって申し訳ありません！　コーヒーをお持ちしました！」

吉田は同じく隣でホールの拷問を見物していた手下の間宮《まみや》に「頼んでねえって追い返せ」と告げた。間宮は高校を卒業してすぐにこの組に入ったが、いまだに指示待ちなところがあり、そのくせ波留にうだつの上がらない吉田を内心では小馬鹿にしているのが気に食わない。今だって生返事でゆったりした足取りでドアに向かう。命じられたらせめて速やかに動けよ。

間宮はドアを開けた。

「頼んでねえぞ」

民間人にはもっと丁寧に言え、馬鹿。いちいち腹を立てていると、その間宮が吉田のほうに飛んできた。何のジョークをかましているんだコイツ……。

だが、間宮の顔面から噴き出た血を見て、吉田は事態の異常さを感じ取った。

手に持っていた拳銃を構えたのは、もちろん敵がやってくることを想定してのことだった。

現れたのはスナイパーでも、べつの組の者でもない、一見地味な、眼鏡をかけた青年だった。ああこいつ、先日探偵といた奴だ。

なぜか拳銃を構える手を緩めた。ナメていたのだ。だから、青年が一瞬で間を詰めて、不意に飛び上がった時はもう手遅れだった。

何が起きているのか理解できないまま、吉田は宙に浮かび上がっていた。

そして手すりに激突する。

回し蹴りが顎を直撃したのだ。

「き、きさま……」

手に持っていた拳銃を構えようとする。なんて遅い対応だ、と自分を罵ったが後の祭り。

青年は吉田の腹部に鉄拳をくらわしてとどめを刺した。

吉田は意識を失うさなかに考えた。こいつ……波留より強いんじゃねえのか？

30

上の階が不意に騒がしくなった。

パーティーでも始まったのか？　こんな昼日中から。暇なやつがいたもんだ。

拷問の気が散るのか、なぜか北城の手下どもまで気も漫《そぞ》ろになっている。

さて、俺はその間に知りもしないシャブの在処でも思い出すことにするか。知らねえな。

知らないもんな。他に理由はない。終わり。

「おい、ちょっと上行って見てこい」

北城に言われて部下の二人が中二階の階段を上がっていく。どうやら上にも奴らの仲間が控えているらしい。それでこのどんちゃん騒ぎか。

だが、中二階に上っていったはずの部下が転がり落ちて戻ってくる。さらにもう一人も落下。


フロアが騒がしくなる。どうやらこのドリフごっこは奴らにとっても想定外らしい。事態は飲みこめないが、これは逃げるチャンスに違いない。

俺を押さえつけている手下の男も、気を取られてだいぶ腕の力が弱まっている。俺はその隙をついて男を殴り飛ばした。すぐに次がくるかと思ったが、みんな意識が上の階に向いていてそれどころではないらしい。俺はそのあいだにマリのそばに立つ下っ端を殴って黙らせた。

拳が痛むが、死なないためなら多少の痛みには耐えるべきだろう。

北城は部下に行けと指示を出し、上に向かわせる。そのうち二人はもう動けないけどな。

波留も行こうとするが、北城はその腕を掴んだ。

「おまえはここで俺を守るんだ」

「……うっす」

それで大丈夫か？　上のフロアでは、さる御仁が暴れているようだ。たぶんそいつは、波留でしか止められないぜ。

高田は、華麗に下っ端二人をまとめて投げ倒して落下させた。

奴にだけいい恰好をさせるのも癪《しゃく》に障る。満身創痍で体力はもはや限界を迎えているが、力を振り絞って節々が悲鳴を上げる身体を動かし、中二階へ向かおうとする下っ端たちを順に片付けていく。波留さえいなければこんな連中、雑魚、雑魚、雑魚……と二人目までは調子よく殴り飛ばしていたが、長きにわたる拷問でパンチの威力が弱まっていたのか三人目が倒れずに反撃してきた。そこにもう一人も加わる。

なんだよ、またピンチじゃないか。熊に出会って死んだふりみたいなわけにはいかないが、しょうじきそれ以外にいい手はなさそうだった。というか、あれこれ手を考えるほど頭が回らない。

その利那、階段の手すりを乗り越えて高田が俺のもとにやってきた。俺と高田は背中合わせになって周囲を見回す。死角のない構えなどとかっこいいことは言えない。四面楚歌《しめんそか》どころか五面六面七面楚歌だ。

「ずいぶん無茶するな」

「魔が差した」

俺たちを囲んでいた雑魚どもが一斉に襲いかかる。どうせ殺されるところだったのだ。

目いっぱい暴れてやるか。俺は一声叫ぶと、先頭の男の顔面に飛び蹴りを食らわせ、続いてくる面々にエルボーを食らわせた。

だが、背中に衝撃が走った。それも立て続けに。一発目は拳、二発目は蹴り、三発目は鉄パイプ……これがいちばん堪えた。もう一発喰らっていたら、昇天していたかも知れない。

すんでのところで、高田が背後の敵を一撃で倒した。しかし、その後も攻撃の手は休まるどころか激しさを増していく。もう理想的な身体の動かし方なんかできるわけがない。とにかく腕や脚をぶんぶん振り回して倒せる奴は倒す。受ける攻撃は受けるの繰り返しになった。もちろん、ダメージを与えられるほどに身体は限界に近づいていく。わかっているが、よけられるだけの体力がすでにないのだ。

救いは、高田の戦闘能力。そこに、俺のそこそこの実力が加わり、どうにか残り四人に減らすところまで成功した。

一人を高田が蹴り飛ばし、残るは三人。その後で、北城と波留。

「何やってんだ！　さっさと殺せ！　こうやるんだよ」

それまでホールのカウンター付近でマリを逃がさぬようにつかまえていた北城は、突如マリを突き飛ばして高田に拳銃を向けた。まずい。こいつ変なタイミングで撃つからな。

俺はとっさに北城に気を取られた下っ端を、北城のほうへ思い切り蹴飛ばした。

ぶつかった拍子に北城が拳銃を落とす。

もちろん、俺はその隙を見逃さない。

北城に飛びかかろうとした。と、そこへ高田が倒れこんでくる。波留にやられたようだ。

「あんた強いけど、やっぱ俺のほうが強いですね。すいません」

波留はそう言ってニタリと笑った。

だが、次に起こったことは、この中にいる誰にも予想できなかった。

転がった拳銃を、マリが拾って北城の背後に立ち、叫んだのだ。

「動くな！」

銃口の狙いは北城の後頭部にしっかりとつけられている。手錠はされたままでも銃を構えるのには何ら問題がない。北城は、状況を茶化したいのか、無理に笑った。

「……マリ、それバイブじゃないんだぜ？　ローターでもない」

「黙れ！　全員、そこに手をついて！」

マリはカウンターを顎で示した。

北城がふふっと笑った。どうせ何もできっこない。そう信じきっているようだった。だが北城、マリはあんたみたいな生半可なワルじゃないんだよ。いつ死んでもいいと思ってる。ナメないほうがいい。

「マリ、やれるならやってみなさい、三分の一だ。ほら、やってごらん」

一瞬の沈黙。ひるんだか？　おまえともあろう女が。

こんなクソ偽善ヤクザに？

「ははは、どうせおまえにはできや……」

カチッ、カチッ。

マリが二回連続で引き金を引いた。いずれも弾こそ出なかったが、その場にいた誰もが凍りついたのは間違いなかった。そして、言うまでもなくいちばん恐怖と闘っているのは、北城だった。数秒前までの余裕は、もはや奴にはなかった。言っただろ（言わなかったけど）、マリをナメないほうがいい。

「いつも六発目に仕込むって知ってるわよ」

北城は、絶対に見せてはいけない相手に手の内を知らせてしまったのだ。

「全員並んで壁に両手をつけ！　次は社長の脳みそが飛び散るよ。５！　４！」

「い、言うとおりにしろ……！」

そうだ、あんたのやり口を知っているこの女は、最後まで数える前に突然発砲することだってじゅうぶんにあり得る。その後のことなんか、この女は何も考えていない。

ただ——刹那に生きているのだ。

おまえらとは違うんだ。

波留と手下たちはしぶしぶカウンターに両手をついた。マリは北城の襟首を掴んでこちらに引きずってくる。万に一つも北城が不意打ちでマリから拳銃を奪おうとしても、俺と高田がそれを許さない。

俺たちは、北城を人質にとったまま部屋を出て、エレベータに乗りこんだ。エレベータの扉が閉まる瞬間、波留たちが階段のほうへと走っていくのが見えた。俺たちが先か、奴らが先か。

エレベータの中で、高田は電話をかけた。

その間に、マリが北城に「手錠の鍵!」と命じる。北城は渋々といった感じでポケットから鍵を取り出し、振り向かずにマリに渡した。

扉が開く。追っ手の足音が聞こえる。どうやら、こっちが早かったようだ。

俺は北城の片手に手錠をかけた。

「こんなことして命があるとでも思ってるのか?」

「どの口で言ってるんだ? いまヤバいのはあんただよ」

北城は銃口を見据え、舌打ちをする。

もう一方の手錠を柱にかけると、北城をその場に置き去りにしたままロッカーの横を走り抜け、建物の外に出た。

俺と高田だけなら逃げ切るのは簡単。だが、マリがいる。高いヒールを履いた女がいくら懸命に走ったところで、追いつかれるのは目に見えていた。

案の定、裏口から出て路地を全力で逃走するうちに足音が近づいてくる。高田が走りながらスマホを俺に寄越した。

「探偵代われ！」

なんだコイツ、こんな時に誰に電話を——。

「万事休すか？　探偵」

電話の向こう側で、低い声が尋ねた。

うるせえよ、こんな時に。

だが、先方の提案はありがたいことに違いなかった。

いつの間にか、外はすっかり日が落ちている。

電話の用件を済ませて近くにあったビルの中へ入り、階段を駆け上がる。そろそろ体力の限界が近づいていた。俺たちはともかく、もうマリはヤバい頃だろう。

どうにか屋上にまでたどり着く。ここからの経路が問題だ。

「どうするの？」

マリが尋ねた。

「高所恐怖症じゃないな？」

「え？」

「梯子《はしご》を降りる」

「は、梯子？」

俺は屋上の外側に取り付けられた梯子を使って降りはじめた。まず俺が、次にマリが。最後に高田が。

そうして、隣のビルの屋上へと移った。

だが――そこまでだった。

すぐに奴らは俺たちの後を追って梯子を降りてくる。

俺たちはビルの端へと向かった。もう梯子はない。

俺はビルの下をたしかめた。

かなりの高さだ。ひゅううっと風が吹いて俺たちを誘っている。足が、かすかに震えた。

波留たちは徐々に距離を詰めてくる。

「もう終わりですよ、探偵さんたち。地獄で後悔できるか、あとでググっておいてあげますね」

なんだよググるって。若者の使う言葉は俺にはわからない。

「いらねーよ」

高田が無愛想に言い返した。おい馬鹿、刺激するな。

徐々に距離をつめる手下たち。

その時、高田が、俺を突《つ》いて、軽く視線で下を示した。示されるまま、ビルの下を覗き見た。大型トラックが一台、大通りから路地裏に向けてゆっくり進んでくる。

「マリ、泳げるか？」

俺は尋ねた。

「は？」

「せーの」と高田が掛け声をかけると、俺はマリの肩を抱いて、ひと思いに飛び降りた。

冷たい風が、高速で俺たちを吹き抜けていく。いや、正確には俺たちのほうが風になっているのだ。

高田もすぐに俺たちに続く。

ちょうど、トラックが真下にぴたりと止まった。その荷台には雪がこんもりと積んである。俺たちはそこに見事に着地した。雪の冷たい感触が、こんなにも温かく感じたのはこの時が初めてだった。

生きていた。

屋上で、波留たちが何事か叫んでいる。

聞こえねえよ、馬鹿。

運転しているのはブッチョ、助手席には相田がいた。相田は俺に親指を立ててみせる。

俺も、同じサインを返した。

高田が相田に連絡をとったのだ。そして、電話を俺に代わると、相田がビルの名前を告げ、そこの下で待機しているからダイブしろと冷たく一言命じた。殺す気かと問うと、「俺に殺されたことがあったか」と尋ねてきた。殺されかけたことは何度もあるが、殺されたことはあいにくまだない。

仕方なく、俺は相田の言葉を信じて隣のビルに移ったというわけだ。

「高田君やるじゃないの」

高田は安堵の笑みを浮かべながら、助手席の相田に「恩に着ます」と言った。

「何の話かわからねえ。俺たちはドライブしてただけだ。その辺で放り出すぞ」

この男は昔から借りをつくるのも貸しをつくるのも嫌いなのだ。ある意味でフェア、ある意味で、ものすごく面倒くさい。

「それで結構」

相田の流儀に従うことにした。

空から、雪が降り続けていた。また北海道の冷たい雪に触れ、寒さに震えられるなんて奇跡みたいだった。それがどれだけ過酷な寒さでも、人目に触れることのないクラブでいたぶられて死ぬよりは数段素晴らしい世界に違いない。

マリは、雪に埋まったまま笑っていた。この馬鹿女め。おまえのせいで死ぬところだったんだぞ。だが、俺の口からは彼女を責めるような言葉は出なかった。ただ、マリがまた笑っている顔を見られたことに、何とも言えない感情を抱いていた。

生きていた。まだ、生きている。

「アハハハハ！　あなたたち最っ高！」

エンジンがかかり、トラックが走り出した。トラックから見上げる満天の星が、いつまでも俺たちについてきた。

言いたいことは山ほどあったが、疲れ切っていた。

だからひとまず、ただ空を見ていた。

そして、思った。この空のことを、俺はいずれ何度も思い出すことになるのだろう、と。

31

看板の灯が消える。〈ケラー・オオハタ〉の営業時間が終わった。最後の客が帰ったところで、俺たちの反省会の時間が始まる。

マリはカウンターで俺の隣に座り、「お疲れ様でした」と呑気に言ってホワイト・レディの入ったグラスを掲げた。モンローの影響だろう。

「はいお疲れ、乾杯……じゃねえよ。おまえ何考えてんだッ！」

疲れが癒えると、人間怒る気力が湧いてくるらしい。俺はマリの胸倉をつかんですごんだ。

　が、マリは少しも物怖《ものお》じせず、ただ俺を見返していた。相変わらず、美しい目をしている。よくもまああんな恐ろしいことをしておいてこんな穢《けが》れのない目をしていられるもんだ。

「人を共犯にしやがって！　どうしてくれんだ！」

　ススキノに根を張る探偵が犯罪の片棒を担いだとあっては、今後のビジネスにもおおいに差支える。改めて考えると、彼女のしでかした罪は大きい。というか、俺のしでかした罪でもあるのだが。ん？　ということは「共犯」で合ってるのか？　いやそんなはずはない……。

「引き受けてくれて感謝してる」

「引き受けてない！　金も返す！　俺とおまえは無関係！　何もなかった！　いいな、何もなかった！」

　言った瞬間、観覧車が浮かんだ。それから、飲み屋をはしごしている楽しい時間。それと——彼女を抱いたときの感触。あんな柔らかい肌も、唇も、初めてだった。

「何かあったんだな」とぼそりと高田が言う。

「うるさい！」

　マリは俺たちのやり取りを静かに聞き流した。

「あなたは北城に何も言わなかった。引き受けてくれたのよ、そうでしょ？」

「……あんな芝居で北城を騙せると思ったんなら、おまえは絶望的な馬鹿だよ」

たしかに俺はあの時、北城に何も言わなかった。何も知らない、とも言わなかったし、マリに騙されたんだとも言わなかった。

だが、あの場の俺の言動から北城が俺をマリの共犯者と信じたとは思えない。ふつうに考えれば、俺はただの巻きこまれただけの三流探偵といった役回りだろう。そんなことは、ちょっと調べればわかるはずだ。

「計画の途中だったの。それを、彼がぶち壊しちゃった。まあ、面白かったからいいけど」

高田を指で示す。

「え、俺？　俺、何かぶち壊したの？」

高田はきょとんとした顔をしている。

「……計画だと？」

「ええ、シャブをお金に換えるのよ」

「あのシャブは売れない、買い取る奴なんかどこにも……」

言いかけてはたと気がついた。

いる、のか……。

「そう、一人だけいるわ」

「北城、か」

北城はしょせん花岡組のなかのチャネルの一つに過ぎない。五キロものシャブを部下に盗まれて喪失したとなれば、奴は組から消されかねない。運よくそれを免《まぬが》れても、一生間抜けの烙印を捺《お》されることは避けられないだろう。

それを避けたければ、奴はシャブを何としても秘密裡《ひみつり》に取り戻さなければならない。マリがすんなり返す気がない以上、北城にはマリを殺して取り戻すか、取引に応じるかの二択しかないということになる。

「あなたに協力してもらって、北城と取引するつもりだったの」

「え、だって、もともと北城のブツだろ？」と高田が合点がいかぬ様子で尋ねる。鈍いねえ《ヽヽ》おまえも。

「だから一億で返す。末端価格四億。仕入れ値を差し引いてもまだいくらか儲けは出る。向こうにとっても悪い話じゃないわ」

「北城の面子《メンツ》は丸つぶれだ」

花岡組への面子は立つが、自分の部下たちへの面子は間違いなく潰れる。組には必ず金庫係がいる。マリに言われてへこへこと一億を渡したとなれば、部下に対する統率力は格段に下がるだろう。

「北城は商売人よ、最後は面子より実利を取るわ」

「……だとしてもシャブを手渡した瞬間おまえは蜂の巣だ。生きて帰れない」

「そうならないように手助けがほしいのよ。それがあなたたちへの依頼」

俺は高田と顔を見合わせた。どうする、この食えねえ女……。間違いなく、今までで最悪の依頼人だ。

「……あんた、なんでそんなに金が欲しいんだ？　不自由してるようには見えないけど」

高田の質問は素朴で率直だった。たしかに、マリがなぜそんなにもお金に固執するのかは、俺にもよくわからない。そもそもこの世に執着のなかった女だ。それが、なぜ金の亡者になんかなったんだ？

「お金ってね、あればあるほど足りなくなるの。それに北城がどれだけケチか知らないでしょ、私の自由になるお金なんかないんだから。南のほうのあったかい土地でね、のんびり暮らしたいの」

南の島だぁ？　不満のボルテージが急上昇する。が、それは高田も同様のようだった。

「……そのために二人も殺したのか」

高田はこういうところは俺よりシビアだ。

「あいつらが殺した数よりはずっと少ない」

「おまえは馬鹿で最悪の女だよ。他当たれ」

そのおまえと寝ちまった俺も最悪な男だ。だからこそ、もう終わりにしたほうがいい。

だが、マリはポケットから奪った拳銃を取り出して、俺に向けた。

「やるしかないのよ」

その目を見れば、彼女が本気で言っているのはよくわかった。北城だけじゃない。俺たちも結局この女を甘く見ていたのだ。こいつは四年前から、変わらず、生に執着していない。

生に執着しないマリを今日まで生き長らえさせたのは、何だったのだろう？　何がマリを衝き動かしている？　いくら身体を重ねたって、相手の心なんか見えやしない。

「私がしくじれば、あなたたちも北城に消される。麗子もね……私たちは一蓮托生《いちれんたくしょう》なのよ」

やれやれ。動機は知らないが、美しい女がただ妄執に駆られて生きているのを見るほど悲しいものはない。

俺はマリを見つめた。

たった一晩。けれど、たしかに俺の愛した女が、そこにいる。

くだらない妄執なしじゃ生きられないのか？

ほかにないのか？

俺は何も言わなかったが、何かがマリに伝わったようだった。マリは突然、銃口を俺から離し、自分のこめかみに当てた。

「……引き受けないなら、ここで終わらせる」

その目に、うっすらと涙が浮かんでいる。

なあ、ほかにないのか？

生きる理由は、ほかに——あるだろう？

俺はマリの目の前まで歩いていくと、マリを思い切りひっぱたいた。柔らかくも、冷たい肌。かりそめに愛した肌が、今はかすかに赤く腫れている。

「……なんでそういうやり方しかできねえんだよ！　素直に頼んだらどうなんだ！」

この女は、心から誰かを信じたことがないのだ。愛を、知らない。だから、孤独で、だから、こんなに虚無感が漂う目をしている。

すべて間違っている。

妄執なんかじゃない、たとえばこないだの、夜の観覧車みたいな幸福が生きる理由になることだってあったはずなのだ。

順序さえ違っていれば——。

もっと小さくて、単純な幸せが、そのへんに転がっていたはずなのに。

もう、遅すぎるのか。

マリの頬を一筋の涙が伝った。

「……やっぱりいい、何も言うな」

「……助けて」

言うなって言っただろうが。時すでに遅し、か。俺の目頭が妙に熱い。何だこれ、病気か。

「……助けてください」

「……ああくそ！」

高田がふっと笑みを漏らす。

「引き受けるってさ」

「……生きて帰るぞ」

そうでなくっちゃ、引き受ける意味がない。俺はマリを見た。

マリが静かに頷いた。

探偵史上最悪の依頼人は、しかし探偵史上最高に守りたくなる女でもあった。俺は心のなかで自分だけにもう一度唱えた。

生きて帰るぞ。

32

「まったく場違いだわね、私って」

峰子は家族連れでにぎわう大型ショッピングモール〈サッポロファクトリー〉のアトリウムを歩きながら、一人でそうぼやいた。ガラスアーケード越しに、雪にまみれながらもかすかに陽光が滲んで見える。

ショッピングは趣味ではない。服は今の時代、大抵ネットで買ってしまう。日頃は喫茶店でパスタやコーヒーを用意して客を待ち、テレビを見ていればいい気楽な生活を送っている。こんなカジュアルな場所は、本来なら性に合わない。

その峰子がわざわざ〈サッポロファクトリー〉に来ているのには、理由があった。間もなくここアトリウムで、栗山監督と札幌市長のトークショウが始まろうとしているのだ。

警備の数もなかなかに多い。総理大臣並みの対応ねこれ。そりゃあクリクリだもんね。クリクリって言ったら、もうそりゃ北海道の総理大臣みたいなものよ。誰が何と言ったって。

峰子は栗山監督がスポーツキャスターをしていた頃から、その爽やかな笑顔に魅了されていた。監督として就任一年目から優勝するという輝かしいキャリアの出発で、その「好き」は一気に爆発した。

それまでは松山《まつやま》千春《ちはる》一筋だったのに、栗山監督しか目に入らなくなったのだ。

ふと隣を見ると、ファイターズの帽子をかぶっている男性に気づいた。

「あら？　あらら？　探偵さんの友だちの？」

ソープランド〈英雄好色〉の客引きの源だ。今日も色の薄いサングラスが胡散臭い。何だか似合わないお洒落な鞄なんか持っちゃって。だけど、探偵の友人はみなどことなく怪しく、どことなく誠実なので好感が持てる。

「あーモンデの！　あんたもファイターズファンかい！」

パッと表情が明るくなる。

「クリクリ、かわいいもん！」

峰子は心のアイドルの登場に胸を弾ませた。

33

灰色の雪が、灰色の空から、降ってくる。

この世で見る、最期の風景かも。

札幌バスセンターの窓越しに大通りの光景を見ながら、岬マリは両手をそっと合わせ、震えが去るのを待った。

左手には、〈さっぽろテレビ塔〉が見える。これから、徒歩十分圏内にある大型ショッピングモール〈サッポロファクトリー〉へ向かう。今は探偵たちと合流するまでのつかの間の静寂の時間だ。

座っているベンチはキーンと音がしそうなほどよく冷えており、マリの体温を奪っていく。けれど、彼女は微動だにしない。もはやマリには奪われて困るものなんか一つもない。サングラス越しに見るこの世界は、何もかもを失った自分にはむしろ、正解の色に見える。自分の世界は、初めからこんなふうに灰色であるべきだったのだ。

色彩のない人生。

色彩のない女。

色彩のない、これから。

自分に、明日という日は来るのだろうか？　それすらもわからなかったし、考えようとも思わなかった。今日で、終わるかも知れない。なら、それでいい。

本当に？

一昨日の夜の、探偵のぬくもりが不意によみがえる。

あんなつかの間の触れ合いを、まだ覚えているなんて。

何も言葉は交わさなかった。前戯もほとんどない、至ってシンプルな情交。けれど、少なくともその瞬間、偽りなく愛されているという感触があった。

マリは首を横に振った。

忘れなさい。

すべては一夜だけの出来事。

観覧車に乗って、一周回って降りただけのこと。

あの男との関係に、未来なんかない。まあ、八割以上は自分に問題があるからだけれど。

たとえば、いまも続いている定期的にやってくる身悶えしそうなほどの胸の激痛もそうだ。

お願い、まだ私を殺さないで、今だけは。

マリは錠剤を取り出して飲んだ。

ケータイが震えたのは、その時のことだった。

「あーマリさん！　私です、麗子！」

着信を見てから出ているのでそれはさすがにわかる。

「どうしたの？」

「あのぉ、言いにくいんですけど……」

マリは麗子にとって先日までビジネス上の上司だったのだが、その頃から麗子には何とも馴れ馴れしいところがあった。よく言えば人懐っこいのだが、どこか商売意識が希薄で世間知らずなところのある娘だ。自分のことを、娼婦だとは思っていない節があるのも、理解できない感覚だった。アルバイトをしているだけだから、娼婦ではない、という理屈らしいが、そんな理屈が世間で通るわけがないことを彼女は知らないのだろうか？

「何？　言ってごらんなさい」

「えっと……私、いつまでここにいればいいんですかぁ？　大学の単位落としそうなんで、補講受けないと卒業できないですよぉ」

お菓子の袋のこすれる音がする。時折挟まる咀嚼《そしやく》音が不快感を誘う。たぶん、何かお菓子を頬張りながら電話しているのだろう。

自分の置かれた状況も何もわかっていないのだろう。

「……今日ですべて終わりよ」

それだけ伝えて電話を切った。

貧乏が嫌で、何の気なしにこの仕事を始め、それでも大して苦痛な様子の見えない田舎娘。きっと大学卒業と同時にこの仕事からも足を洗って、現在の恋人とでも結婚するつもりなのだろう。

自分とはもともと違う女。それを妬みも恨みもしない。ただ、違う種類の人間だというだけ。椿を動かす手駒になってくれさえすれば、それでよかった。

マリはバッグにしまってあったお守りの中から鍵を取り出し、ロッカールームへと向かった。

昨晩、探偵はマスターに頼んで、マリのために新しいカクテルを用意させた。高田が、気を利かせてか、「それじゃ、俺帰るわ。明日な」と言って勘定を済ませ、店を出て行った。


二人だけになると、探偵はジャック・ダニエルをストレートで飲みながら溜息をついた。

——おまえが大した女になっちまう前に、恋人になれたらよかった。

——そうしたら、楽しく暮らせたかもね。

——案外な。


それから、黙った。あるはずのない未来が、頭のなかに次から次に溢れ出て、現在を責めている気がした。

——なあ、未来はまだ白紙のままだよ。何ひとつ否定されてはいないんだ。一パーセントの幸福の可能性だってな。


一パーセントの幸福。それが何を意味しているのかは、マリにもわかっていた。そして、それが一パーセントより実際にはもっと低いパーセンテージであろうことも。それでも、探偵の言う、「何ひとつ否定されてはいない」という点については同意しないわけにはいかなかった。たしかに、未来はまだ白紙のままだった。


何ひとつ、確かなものなどありはしない。

いい意味でも、悪い意味でも。

——とにかく、生きて帰る。そのあとのことは、そのあと考えたらいい。

——ええ。

それから二人は、軽くグラスを合わせた。

本当は、もう一度抱きしめてほしかった。でもそうは言わなかったし、探偵もマリを抱こうとはしなかった。

その晩、マリは〈ケラー・オオハタ〉のソファで眠った。

探偵は横にはならず、バーカウンターで頬杖をついてうたた寝をしていた。時折、風でドアが揺れるたびに探偵がピクリと起き上がることから、眠りがきわめて浅いことがわかった。北城たちの奇襲を警戒していたのだろう。

朝日が差しこんだ頃、同じ姿勢でいる探偵に、何とも言えぬ愛おしさが溢れてくるのを感じた。

この人と、歩く未来——。

一パーセント未満の幸福を許されているような幻想が、一瞬マリを襲った。マリはそれを頭から追い払って身を起こすと、自分に言い聞かせた。

とにかく、生きて帰る。そのあとのことは、そのあと考える。


昨夜預けたコインロッカーの番号の前に立った。鍵を差しこみ、ドアを開く。

探偵と一夜を過ごす前からここに預けておいたボストンバッグを取り出し、ジッパーを開けて中を確かめると、預ける前と同じように白い粉の詰まった小袋がぎっしり入っていた。これが、彼女の最後の武器。マリはジッパーを閉めると、立ち上がった。

34

「いい記者は　欲しがるいいネタ　いい男。お、定型句だなこりゃ」

松尾はそんなことを言いながら、コーヒーを飲んだ。昨日書いた原稿が新聞でけっこういい位置に掲載されることになったからホクホクしているのである。

今夜は風俗にでも行って、久々に男を抱くのもいい。先日風俗通いがバレて以来、妻子へのサービスで定時退社を心掛けていたから、男も女もご無沙汰だった。今日は男を抱きたい気分だった。そろそろ鬱憤を晴らしておかないと、情緒のバランスが崩れてしまいそうだ。

松尾がそんなことをぼんやりと考えていたとき、電話が鳴った。

着信名を見て、それまでの上機嫌にストップがかかった。

またこいつかぁ、嘘つきめ。先日は特ダネを無駄に喋らされただけだった。明らかにヤバそうな手持ちの駒があったくせに、それを見せずにどこぞの教頭のセクハラみたいなゴミネタを寄越しやがって。

だが、こいつとこれまで持ちつ持たれつでやってきたのも確かだ。

しぶしぶ松尾は電話に出た。

「あのな、もう君は信用しないことにしたんだがね」

探偵はふっと笑った。

「好きにすればいいさ。午後二時、サッポロファクトリー。記事になるかは保証はしねえけどな」

それだけ言い残して電話は切れた。

保証しろよ、時は金なりなんだぞ？

どうせまた担ぎ出そうってんじゃないのか？

だが、松尾の記者としての勘が、言うことを聞いておけ、と言っていた。

探偵はいい加減なことを言う男だが、いい加減なことを言うためにわざわざ電話しては来ないのだから。

35

電話を切ると、俺は高田にスマホを返した。

「なんか意味あるのか？　記者に来させるなんて」

高田の問いに、俺は軽く頷いた。意味はある。たとえば、いま空から降り続ける雪に意味があるように、すべてのことには意味が宿っている。

俺たちは今、高田号の外で札幌バスセンターからマリが出てくるのを待っていた。建物の前には歩道橋があり、そこを降りてくる人たちはさっきから雪に足を取られて滑り落ちそうになっている。この時期の、標準的な光景。もちろん、そんな標準的な光景にすら、意味は宿っている。

「ささやかな反抗だよ」

「おまえの言う特ダネってのが、俺たちの死亡記事じゃないといいけどな」

高田はこういうブラックなジョークを言う。

俺たちの死亡記事は出ないよ、高田。俺はその言葉をぐっと飲みこんだ。

「おまえは降りろ」

「……え？」

高田は頭を叩かれた牛みたいに、ぼんやりとした顔で俺を見た。

「おまえは、ここまでだ」

「何言ってんだよ？　さんざん頼ってきといて今さら」

長い間、俺たちは一緒にいろんなヤマに当たってきた。それは確かだ。だが、俺はいつだって俺と高田の違いを意識しなかったことはなかった。その違いとは、とどのつまり、建設的な未来の有無だろう。

俺はしょせんドロップアウトしたならず者。対して高田は、そんな俺に付き合ってはいるが、いつでもまっとうな道に帰ることができる。

だが——今回の件に関われば……。

「そのまま札幌を出て、遠くへ行っちまえ」

奴が偉大なる純愛不倫映画『ピアノ・レッスン』を生んだニュージーランドの牛に呼ばれているなら、こんな事件に巻きこませるわけにはいかない。この一件は、生に執着しない女と、その女を助けてしまった男とで終わらせる。

たぶん、命と引き換えにして。

「旅立ちの日程ならずらしたから平気だけど?」

「そういうことじゃない」

「……俺が持ってきた仕事だよ」

「受けたのは俺だ」

「助けたのは俺だ」

「助けてくれとは一言も言ってない」

「助けなきゃ死んでたろ」

「それについては感謝する。でも、今の論点はそこじゃない」

「じゃあ何だよ？　なんで今さらここまでだとか……」

「この話は終わり。おまえは、クビだ」

これ以上言わせるなよ。

俺たちは同じ船に乗っているわけじゃないんだ。

高田の戦闘能力の半分でも俺があれば、とはちょっと思った。いや、だいぶ思った。俺は乱闘騒ぎとなったとき、かなり高田に頼っている。高田依存症患者第一号と言ってもいいかも知れない。

だが、今回ばかりはダメだ。これは俺の事件であり、依頼人は俺を指名しているのだ。高田を巻きこむのは絶対に許されない。

「わかったら、行けよ」

高田はただ無言で俺を見つめ返した。俺は奴の内側で俺の言葉が樹液みたいにゆっくり浸透するのを待った。

やがて、高田はすべてを悟り、受け入れたように軽く目を瞑った。

それから、何も言わずに行ってしまった。

俺と高田号をその場に残して――。

高田と入れ違いに、マリがボストンバッグを持って戻ってきた。今日の彼女は黒のコートに身を包んでいる。その姿は、どこかの貴婦人にすら見えた。

俺が助手席に座っていると、彼女は後部座席に乗りこみ、運転席に高田がいないのに気づいたのか、おや、という顔になった。

「あれ、あのモサッとした人は？」

牛みたいに言うな。そのモサッとした男に助けられたくせに。

「……俺一人で十分だ」

「依頼をこなすのが？　それとも、死ぬのが？」

「……死ぬのは一人じゃない、二人だろ？」

マリはしばらく黙った後、何とも答えずにただ「……行きましょう」と言った。それが答えだったのかも知れない。

「運転は任せた。俺がしたいところだが、あいにく免許がない」

「キー貸して」

マリは運転席に移って俺からキーを受けとるとすぐにエンジンをかけようとする。

「待て待て」

運転免許があるくらいで、この高田号は運転できる代物ではない。こいつはヒステリックな猫より扱いが難しいのだ。

「これコツがあるんだ、かける前に……」

だが、マリは俺の説明も聞かずに、エンジンをかけた。

驚いた。一発でエンジンがかかるなんて最近じゃ見たことがない。

「人を見るんだな……」

高田号は素知らぬ顔で、表通りを走り出した。目指す建物は、〈サッポロファクトリー〉。そこが今日の決戦の舞台だ。

リアシートに置かれた黒いボストンバッグに視線を向けた。こいつが、今日の命綱になる。そして、もう一つの、後ろの席にある空っぽの赤いボストンバッグ。

昨夜、俺は必ず生きて帰ると言った。

手は尽くしている。幸運の女神が微笑むことを祈るしかあるまい。少なくとも、高田号にとっては今日はラッキーな日らしい。

運転するマリの横顔に目をやった。

そのあまりに完璧に美しい横顔は、彼女のもつ性質を端的に示してもいた。完璧な横顔の、その裏側にあるもの、あるいは何もない、ものは、誰も知ることができない。少なくとも、横顔を見ているかぎりは。

「なあ、いま何考えてる？」

「渋滞してないといいなぁって。あと、新しいドレスほしいな、とか」

思わず俺は笑った。

たいした女だ。

「こないだ街で見たのよ、すんごいセクシーなドレス」

「すんごいセクシーなドレス？」

「そう」

俺は咳払いをした。

「その話、詳しくお聞かせ願おうか」

彼女はクスリと笑った。俺はそれがそのまま幸福の女神の微笑みであることを、切に願った。

36

「生クリームがどうしたって？」

源が聞き返した。この喧騒では聞こえないのも無理はない。峰子はさっきよりも大きい声で喋った。拡声器並みの声で喋ってもあまり問題にならないくらい、会場は盛り上がっている。

「やぁね、生クリームじゃないわよ、生クリクリ！」

栗山監督を間近に見る興奮を、峰子は「生クリクリ」と呼んだのだ。

「クリクリといったら栗山監督よ。私、生でクリクリ見るの初めてだからもう楽しみすぎて昨日から十時間くらいしか寝てないんだもん！」

「十時間寝りゃじゅうぶんじゃないか？」

源は驚いたように言う。

「え、十二時間は絶対必要でしょ」

峰子はそう返してからステージに目を向ける。

「そろそろね」

そのとき、峰子は視界の隅で、ある人物を捉えた。

あれは――。

「探偵さん……？」

後ろ姿が、探偵に似ている気がした。峰子はちょっとばかり探偵のことをいい男だと思っている。いい男じゃないところがいいというか、かといって三枚目じゃない、何かしらね、あの微妙な匙《さじ》加減。たぶん、すんごい優しいんだろうな。そういうところに、峰子はぐっときていたりする。

峰子はじっとその後ろ姿を舐めるように眺めた。

よく似ているといえば、これほど似た人物を知らない。

でも――。

〈皆さん、盛大な拍手でお迎えください。我らが北海道の大統領、ビッグダディ、いやいや、みんなの社長、お父さん――〉

「どれも違う！　みんなの恋人でしょ！」

峰子が野次《やじ》を飛ばす。

ひときわ声が大きかったのか、その声がナレーションの男性に届いたようだった。

〈みんなの恋人――日本ハムファイターズの栗山監督です！〉

一気に場内で爆発でも起こったような拍手が沸き起こる。

「きゃぁあああああああああクリクリぃいいいいこっち向いて！」

峰子は我を忘れて立ち上がり、手を振った。

そのとき、ふたたび人混みのなかで階段を下りていくさっきの探偵らしき人物が視界に入った。隣には吸いこまれそうな瞳をした美人がいて、何事か話しかけている。その横顔からは、女が男に惚れていることが感じ取れた。

「まさか……ね」

「ん？」と源が問い返す。

「なんか探偵さんに似た人がいた……気がしたけど、すっごいきれいな女の人連れてたから人違いだわ！」

あの探偵さんにかぎって、あんな美人を連れてるはずない。あの人はすっごいいい人だけど、美人が隣にいるのはちょっと似合わないのよね。私みたいなセクシーで愛嬌のあるキュートな女でなきゃ。

「そりゃ間違いなく人違いだわ」と源が笑った。

少しばかり源の笑い方がぎこちない気もしたけれど、峰子はその出来事をすぐに忘れた。登壇した栗山監督が、自分に向けて手を振っているような気がしたからだ。

「栗山さーん！」と源も叫ぶ。

「クリクリー！　いま目が合ったわ！」

37

場内の雰囲気は、俺の想像していたものとは大きく違っていた。

「人多すぎないか？　それに、警官がいるとか、聞いてない」

アトリウム内の人の多さは栗山監督人気を考えればわからなくもない。だが、この警官の数は、さすがにちょっと異常だろう。全部で、十名、いや、もっといるんじゃないだろうか。これだけ露骨に警官がいれば、人々も異様さに気づくのではないかと思ったが、栗山監督をひと目見られる興奮のためか、大衆が警官の数に頓着している様子は皆無だった。不幸中の幸いというべきだろうか。

「通報しといたの。不審者がいるって」

「不審者……」

「これで蜂の巣にはできないでしょ?」

俺とマリは、ともに一つずつボストンバッグを持っている。シャブが入っているのは、マリのほうのバッグだ。俺のほうのはまだ空。五キロのシャブと一億を交換したら取引終了——だが、そううまくはいくまい。

まず、奴らが金を用意してきた場合、それを無事に交換できたが最後、死ぬまで俺たちは追われ続けることになる。ススキノになんかいられなくなるだろう。

かと言って、一方的にシャブを返したとしても、それで俺たちの命が救われる保証はどこにもない。

では、シャブを返さずこのまま逃げたらどうなる?

結果は同じだ。

どの道を進んでも地獄が待っている双六《すごろく》みたいなもんなのだ。ならば、たしかに不審者の存在を訴えて警察官の動員を促したマリのアイデアは、少なくともこの場を乗り切るには最善の策かも知れない。

「大した計画だよ」

まったく、信じられない度胸と知恵の働く女だ。

ふと、俺はまた有り得ない未来を考えていた。

マリとどこかの街で夫婦として暮らす夢。そんな馬鹿げた未来を考えたのも、先日モンローに会いに行ったせいなのかも知れない。

あんなありきたりの幸せを、マリと作る。どこかでバーでも経営するが、商売下手の俺はすぐに経営が赤字になってしまう。そのたびに、マリが俺なんかは思いつきもしないようなあの手この手を繰り出して危機を乗り越える。うわべでは俺についてきている健気な妻のふりをして、とんでもなく頭の回る女。存外、スリル満点の楽しい夫婦生活が送れそうじゃないか。

なあマリ、シャブの受け渡しなんかやめて、このまま――。

危うくそんな夢物語まで出かけてくる。

妄想シャットアウト。現実よ、こんにちは。

松尾がカメラを持ってうろついているのが見えた。

その手前を、二歳くらいの女の子が通り過ぎる。

マリがそれを目で追いかけているのに気づいた。

母親が転んだ子どもを抱っこした。母親の腕の中で子どもは泣いていた。

マリはその光景を宝物でも見つめるみたいに凝視していた。俺の視線に、マリはしばらくして気づいた。

「……ごめん、何か言った？」

「いや、何も。身体は、どうなんだ？」

「身体って……？」

マリの目元がかすかに反応する。

「薬を見た。ちょっと調べた……どういう薬か、どういう患者が使うものか」

墓場まで持っていくつもりの秘密だったのだろう。マリは俺から視線を逸らした。そうすることで、すべてを俺の前に曝《さら》け出すことを避けられると思っているみたいに。

「一か八か馬鹿やって、残りの人生を南の島でって気になるのも、わからなくはない。だが……」

「何のことか全然わからないわね」

そんな恍《とぼ》けに何の意味もないことは、マリだってわかっているだろう。知らなかったことにしておいてくれ、か。だが、俺はそういう振りが苦手なのだ。

「いい医者を知ってる」

「……もう三回も医者を替えてるわ。どこでも診断は同じ。手術のしようもないって」

「十軒回ってべつの病名と診断された奴を知ってる」

「……馬鹿げてるわ」

「馬鹿げてない。やれることは、とことんやったほうがいい。南の島で数年生きて死ぬより、生きるために何ができるかをもっと模索してだな……」

マリは俺の言葉を遮るように「……来たわ」と言った。

反対側から、スポーツバッグを持ったカジュアルな恰好の北城と手下が降りてくる。間が悪いな。

俺は、周囲を見回した。二階の回廊には、ダークスーツの手下らしき男たちがいた。北城たちは連絡通路を通って一条館に向かった。俺たちもすぐに後を追う。北城がフードコートの一角を占めるファストフード店の席を陣取った。

手下たちは、囲むように立っている。死角のない布陣。これがチェスなら、当分は詰みそうにない。

だが、こっちには警察がついている。これだけ警官の目があるなかで取引した経験は、奴らにだってないはずだ。

「行くぞ」

「ええ」

俺とマリは、呼吸を整えてから北城のもとへと向かった。

距離は一メートル。これ以上の接近は危険だ。間近で銃で撃たれたら警察も見抜けないかも知れない。

「さて……どうする？」

こちらを試すように北城が尋ねた。

「まず、詰め替えろ」

俺は自分の持っている空《から》の赤いボストンバッグを北城の前に投げた。

北城は明らかにムッとした顔をしている。

「十秒だけ時間をやる。いますぐ詰め替えるんだ。あんたのことだ。GPS仕込むくらいのことやってるだろうからな」

北城は片眉だけを上げる。図星だったようだ。だが、それほどの動揺を見せずに、「とっとと詰め替えろ」と手下に促す。

手下は北城からバッグを受け取り、詰め替え始める。

北城は向かいの席を顎で示し、俺たちに座れと促した。

椅子に爆弾を仕込んでるってこともあるまい。それならむしろこの状況じゃ座らせないようにするはずだ。俺たちは言われるままに腰かけた。

北城はやけにニヤニヤしながら俺たちを交互に見やった。何だ、この余裕は。これだけ警官がいるのに、まだ俺たちを消せる自信があるってことか。まあ、そりゃあるんだろう、ここを出たが最後、警官はいなくなる。つまり、ここにいる限りは安全だが、ここにしか安全はなく、それも栗山監督のイベントが終わるまでの限られた時間でしかない。

俺たちに勝算はほとんどないってことだ。そして、北城の顔を見れば、相手が俺の読みどおりに考えていることは明らかだった。その読みはあながち間違ってはいない。ただ一つ失念しているとすれば、生ゴミが燃えるのは、命を燃やす燃料があるからだってことだ。

ここで奴らが見境のない行動にでれば、俺たちは死ぬかもしれないが、それを松尾が記事にする。それだけじゃない。金自体も、うまくやれば奴らは取り戻せなくなるだろう。うまくやれば。

北城は、ステージのほうへ視線を向ける。

「盛況だな、スポーツによる地域振興の手本だ」

こんなときでも実業家気取りか。嘘っぱちの地域愛なんか、毛蟹に食わせろ。

「あんたもやってるじゃないか、アイスホッケー。何のつもりでやってるのか知らねえけど」

「よく調べてるじゃないか」

「小学生の中から将来のヤクザ幹部候補生でも引き抜くのか?」

俺の皮肉がお気に召さなかったらしく、俺を睨みつけた。それから、怒りをやり過ごすようにまたステージに視線を戻した。

俺は目の端でステージを見た。

この地獄一歩手前のような状況には似つかわしくない、仏の笑顔がステージにあった。

観衆のなかに、栗山監督のトークに笑う峰子の姿があった。

さっきまでその横には源がいたが、今はいなくなっている。

源、源、どこ行った、源……。俺はそれとなく目で源を捜す。

「おまえにはいずれ大きな商売を任せようと思っていたが、残念だよ」

マリは振り返ってフッと鼻で笑った。距離が近ければ、北城の顔に唾でも吐き捨てていたかも知れない。

「あんたの言う『大きい』なんてそれこそ信用できないわね。私を縛りつけてサディスト気取りでしょうけど、裏を返せばナニひとつで満足させられる自信がないのよね。かわいそうに」

シモの話をされて北城の不機嫌はいよいよ頂点に達しようとしていた。背後の部下たちが吹き出すのを必死でこらえているのがわかる。おいマリ、もうあんまり刺激するのはやめておけ。

「終わりました」

手下は詰め替えたバッグを北城に渡す。

北城はスポーツバッグを股の下で開けて確かめつつ、それをこちらに寄越した。

「どうぞ」

俺は慎重に中身を確かめた。札束がぎっしり入っている。俺がこれまでの人生で見たなかでも最高額だ。

俺はマリに目で合図を送る。マリが机の下でバッグを開けた。

北城が中身を覗く。

中には覚醒剤の小袋がひしめき合っている。奴にはそれが金塊にでも見えているのだろう。満足げに、北城は二回頷いた。シモを貶《おとし》められた怒りもいったん収めて、交渉成立となりそうだ。問題はこの後をどう乗り切るか。

北城は、マリが組んだ脚に舐めるような視線を向けた。

「相変わらず綺麗な足だな。もう一度ベッドに縛りつけたくなる」

黙れよド変態。北城はあえて俺を挑発するようにちらりと見やる。

「それ以上見ると、消費税もとるわよ」

一億の消費税なら、八百万か。俺の年収よりはるかに高い。

北城はムッとしつつも視線を戻した。

「ブツは本物なんだろうな」

「味見しろよ」

北城は笑う。

「交換だ」

俺は、自分の膝と北城の膝のちょうど間にバッグを置いた。だが、まだ手は離さない。北城も、その行動に呼応し、金を詰め替えたバッグをその横に置いたが、同様に手は離していないようだ。

北城の目が俺を見ている。

ここでチャカは危険だぜ？

北城の目は、生ゴミは必ず殺すと言っていた。なにせ一億だ。こんな寒いのに冷や汗が出てくる。何なら小便もちびりそうだ。

視線は離さない。

一方で、俺は視界の隅で奴の腕の筋肉の動きも把握していた。腕の力がかすかに緩んだ瞬間に合わせて、俺もまた腕の力を緩めすぐさまとなりの鞄を摑みとった。

北城は、持ったバッグを手下に渡した。

俺はと言えば赤いボストンバッグを抱えてマリとともに立ち上がった。正直まだ生きているのが不思議だった。これもマリが事前に不審者通報をしたおかげだろう。だが、その効果もそろそろ切れる頃だ。

「じゃあね、変態」

マリはにっこり微笑んで言うと、足早に歩き出した。

向かうは中央の階段。

もちろん奴らはすぐに俺たちを追いかけてくる。椅子のガタッという音でそれはわかった。俺たちは徐々に歩く速度を速め、人混みを抜けた先にある階段を一気に駆け上がった。振り返っている暇はない。とにかくひと息にアトリウムの上段まで向かった。

それから、立ち止まって周りを見渡した。

黒いスーツの男たちがそこらじゅうに見える。いずれも先日クラブにいた連中であり、北城の部下だ。

背後からは北城がゆっくりとやってきた。

「まったく無茶な計画だよ……運を天に任せて車まで全力で走るぞ……後ろは振り向くな、いいな」

俺はマリの手を握り走り出した。もう死はすぐそこに迫っていた。

俺たちには蜂の巣にされて死ぬか、自殺するかくらいしか道は残されていない。

それでも、どんな状況であれ走る以外に何ができる？

それが――生きるってことなんだよ。

「……本当に変わってるわね。こんな仕事引き受けてくれるなんて」

脳裏に、また四年前のマリが浮かぶ。

雪よりも白く、血の気を失った顔。

熱燗を飲んだ瞬間、生気の戻った瞳。

おまえを生かすためだろうが。

ほかに引き受ける理由なんかあるか。

だが、出てきた言葉は違った。

「……依頼人に恵まれないいんだよ」

マリは俺の顔を見つめると、急に立ち止まった。おもむろに懐から何かを取り出して俺のポケットに押しこむ。

「何だよ、こんなときに……」

マリは俺の腕を振りほどいた。おいおい、そんな場合じゃないぞ。

「計画は変更。ここからはあなた一人でお願い」

「……え?」

何を言っているんだ、この女。

混乱していた。一刻の猶予も許されないときなのに、マリの瞳はひどく落ち着いていて、かすかに感傷的ですらあった。

何やってんだよ、こんなときに。

生きるんだ。そのためにこうして一緒に……。

「力になってくれてありがとう……あとは任せたからね!」

「……おまえ……何言ってんだ」

足音が聞こえる。

やつらが、すぐそこに迫ってきているのだ。

もう間に合わない。

もう――。

俺はもう一度マリの腕を引っ張ろうとした。

だが――彼女は俺をまっすぐに見つめて、笑った。これまでに彼女が俺に見せたどの笑顔よりも、晴れやかで、一点の曇りもない笑顔だった。

「探偵さん、私、出会ったよ」

「あ?」

「出会ったんだ」

こんなときに何を言ってるんだ? しかもそんな最高の笑顔で。意味がわからない。

っていうか――死ぬぞ。

どういうつもりなんだ?

頭の中はパニックだったが、とにかく彼女がそれ以上俺と走る気がないことはわかった。

それは、あまりにも強靭な意志であり、とてもその意志に抗って彼女を動かすことはできそうになかった。

またそれかよ。

おまえ、どれだけ強いんだ？

こんなヤクザなんかよりよほど潔くて、何にも執着してなくて、そのうえ美しくて、おまえは一体何なんだ？

マリは踵を返すと、北城たちのほうへ向かって歩き出した。

「お、おい！」

間抜けな声で呼び止める自分を呪った。

そして、俺はこの時の戸惑いや躊躇《ためら》いを一生後悔することになった。

マリは北城たちが追ってくる方向へ向けて走り出すと、ポケットから拳銃を取り出して

——天井に向けて発砲した。

ズダン！

北城の連中は、皆足を止めた。

目はマリに釘づけで、口は誰もがあんぐりと開いていた。

北城に至っては俺がそうであるように、腰を抜かさんばかりの顔をしていた。

それは会場にいるどの客も同じだったのだ。

栗山監督すら、トークを中断して黙ったほどなのだから。

みんながマリのほうを振り返っていた。

「全員ぶっ殺すぞ！」

ズダン！　ズダン！

さらに二発。

やがて、静寂は悲鳴の海に変わった。

38

会場の人々が我先にと足をもつれさせながら一斉に逃げ出す。ステージの出演者も避難させられているようだった。

なかでもＶＩＰ待遇の栗山監督はＳＰたちに守られながらステージの袖《そで》へと避難していった。

俺はマリの次なる行動を見守った。

もう誰もマリを止めることはできなかった。

北城の連中はどれももはや腑抜けにしか見えなかった。いや、この世のどんな奴だって、この女の並外れた選択の前では、腑抜けにしか見えないはずだ。

すげえ女だよ、おまえは。

なんで——そのエネルギーで幸せを摑まなかったんだ？

マリが天に向けた拳銃をゆっくりと、北城に向けながらじわりじわりと近づいていく。

「マリ、よせ……逃げよう……」

俺の声がマリに届いている気配はなかった。

「マリっ！」

もう一度叫んだが、それでも彼女は歩みを止めなかった。

場内の人々はまるで冬の海を跳ねるトビウオのごとく、モラルも消し飛んで前の人を押しのけんばかりの勢いで出口を目指していく。

北城は狼狽えながら部下が腰に差している拳銃を奪ってマリに向けようとしたが、部下がそれを制した。

警官の目を気にしてのことだった。彼らは人々を誘導しながらも、こちらへと向かって来ていた。もう何が起こっているのかを半ば把握している。いま北城が拳銃を構えれば、ヤクザの抗争だってことがすぐに露呈するだろう。

北城と一緒に動いていた奴らも、北城から離れて逃げ出した。ほかの部下も同様だった。警官の姿に、無関係を装いたくて全員逃げたのだ。

残っているのは、北城と——俺たち。

マリは北城との距離をどんどん詰めていく。

北城は恐怖を張りつかせた表情のまま後ずさり、逃げまどった。

俺にできることは何もなかった。

彼女が何をするのか、ただすべてを見届ける以外には。

マリと北城の周りに、人がいなくなる。

一瞬、アトリウム全体が静寂に包まれた。

周囲の警官たちは徐々に距離を詰めていたが、まだ様子を見ていた。捕まえるタイミングを計っているのか。

その前に北城を殺してしまったら？

そんなことをさせてたまるか。

マリはたぶん本気だ。撃つだろう。

その前にマリに覆いかぶさって制止しなければ。これ以上彼女に人を殺させるわけにはいかない。

ようやくそれまでの金縛りが解けたかのように、俺はマリに向けて動き出した。その差はまだ十メートルもない。追いつけない距離ではない。

だが――遅かった。マリはそれまでとは別人のような速さで階段を一気に駆け下りたのだ。死を見据えて猛進する者は、時に己の限界を超える。そして、逃げ惑う群衆もモーゼが切り裂いた海のように、彼女の狂気を遮らなかった。

「うわああああああああああ！」

一声叫ぶと、マリは北城めがけて駆けだした。手下たちが蜘蛛の子を散らすように分散していくなかで、北城は逃げ遅れた。いや、正確に言えば奴は恐怖に囚われ、身体の自由を奪われたのだろう。

炎のごときマリの気迫に、北城は気圧されたように腰を抜かして、四つん這いになった。北城を助けようとする部下の姿はもはやない。警官が巡回をしている空間では、いくら拳銃を所持していても為す術などない。

マリはその北城の前に仁王立ちで拳銃を構え、トリガーに指をかけた。北城は情けない声を上げながら狼狽えて二足歩行を忘れたまま逃げようとしたが、マリはその動きを的確に捉え、脳天に狙いを定めていた。

やがて北城は背後を見て、かつて彼に殺された者たちがそうしてきたように、震える両手を銃口に向けてかざした。

この世でもっとも美しい鬼が、今まさにその引き金を引こうとしていた。しかし、神は鬼が獲物にとどめを刺すことを、許さなかった。

警官たちが一斉にマリへ飛び掛かる。

終わった……。

北城は、その隙に雑踏へと逃げた。どう贔屓目《ひいきめ》に見ても、腰を痛めたご老人といった足取りで。

警官に押さえつけられながら、なおもマリは泣き叫んでいた。殺せなかった悔しさを、あらんかぎりに。

客たちが、野次馬根性で戻ってくるなか、俺は出口へ向かって走り出した。そのとき、俺の動きに合わせて走り出す者たちに気づいた。

なるほど、尾行はまだ続いていたのか。

そりゃあそうか。ボストンバッグは俺が持っていて、その中身は一億円ときている。

視界に前方のベンチに寝そべっている源を捉えたのはその時だった。こんなところにいやがったのか。と同時に、遠くで松尾がシャッターを切る音がかすかに聞こえた。ちゃんといいネタをやったろ？　俺は裏の通路へ向けて走り出した。ボイラー室の手前で一度振り返る。

やってくるのは——全部で三人か。

俺はゴミ箱を倒して追っ手の障害を作りながら駆け抜けた。

それから、鉄の扉を押し開けてボイラー室に入った。何かのショウのための衣装や椅子が一時的に保管されているほかは、無数の配管がむき出しになっているだけの無愛想な空間だ。左右どちらへ進むべきかの案内も出ていない。まあ、こんな場所を通る客はいないだろうからな。

俺は自分の方向感覚を信じて左へと進むことにした。たしか、裏手が永山記念公園に面していたはずだ。このまま行けば、そこに出られるのでは。

だが、駆けだしてすぐのところで、足が停まった。

波留がニヤニヤしながら立っていたのだ。

道理でさっきから姿が見えないと思ったら、そういうことか。

「逃走ルートくらい読んでるよ」

波留の笑みはひどく悪魔的だった。こいつは人を痛めつけるのが好きなのだ。もはやそれは快楽の域にある。任侠の世界にいなければ、とっくに犯罪者になって豚箱入りしているタイプだ。

こんなクソに俺は殺されるのか？

ところが、突然波留の身体は横へ弾き飛ばされた。

「こっちも、おまえが待ち伏せしそうな場所くらい読んでるよ」

波留を蹴り飛ばしたのは、高田だった。

「高田……」

「行け、探偵」

結局俺はこいつのお世話になっちまったわけか。情けないが、そこが俺とマリの違いだった。俺は高田を突き放したが、結局高田に尻拭いを頼む羽目になった。マリは俺を突き放し、自らの意思でゲームの行方を決めた。

「任せた」

いいじゃないか。俺が生きるってのは、そういうことだ。

俺は、走りだした。波留以外の三人は相変わらず俺を追ってくるようだ。どう撒く？高田が俺のためにそいつらも倒そうとしていたが、波留に蹴られるのが見えた。

やめておけ、こっちは俺に任せろ。

任せ……三人か……まあいい、何とかなる。

高田、おまえも今度はきっちりお見舞いしてやれ。

内心でそんなエールを送りつつ、アトリウムから外に出た。

永山記念公園の真っ白に染められた林が、その先には広がっている。一歩進むごとに足がずぼりずぼりと雪に嵌まる。

クソッ、なんでこんな……！

ズボッ。

第一冷たいし――ズボッ。

ズボッ。

これじゃ、歩けない。

「はぁ……はぁ……ダメだこりゃ」

その瞬間、背後から飛び蹴りを食らわされた。俺は倒れると同時に雪をつかむと、振り返って敵の顔面に投げつけ、目つぶしをしたところで殴りつけた。

だが、その脇から今度はべつの奴に腹部を蹴りつけられる。俺はその脚を持って転ばせ、また逃げようとした。が、そこまでだった。

背後で、拳銃の安全装置を外す音がする。

どうやらいよいよ終わりみたいだ。だが、北城たちの計画は阻止した。少なくとも俺とマリの二人を殺すという計画は。

「やれよ」

俺は抵抗を諦めたように茫然と立ち尽くした。

部下が近づいてくる。俺はそのタイミングを逃さず、持っていたバッグで一人を殴りつけ、突進した。もう体力はほとんどなかった。結果は目に見えていた。それでも、最後の力を振り絞ることにした。

そうでなければ、マリに申し訳が立たない気がした。

俺は赤いボストンバッグを抱えて守った。北城の手下たちは俺をサッカーボールみたいにぼかすか蹴りまくった。そのうち意識が朦朧としてきた。

このまま死ぬのかも知れない。

雪が――冷たく、そして温かかった。

死を恐れながら、死に受け入れられる時を待つのは、こんな感じなのかも知れない。

やがて、意識が薄れていった。

赤いボストンバッグを奪われる感触だけが、最後に残った。

あとのことは、覚えていない。

39

「やっぱりおまえ強いな……」

高田は口から出た血を手で拭いながら言った。

「後悔しても、もう遅いですよ」

波留は満足げに笑う。

「誰が後悔したなんて言った？」

圧倒的に強い相手と戦ったのは、大学四年の公式戦以来だった。大学院に入ってから、高田は公式戦には出ていない。二回戦で戦った相手は、ハンパなく強くて、ボロボロにされた。そいつは結局その大会で優勝した。負けた瞬間を、今も夢に見る。

波留の動きは、その時の相手に少し似ていた。攻撃にキレがあり、パワーがあって一発でも当たったら致命的になる感じ。こういう相手には、とにかく防御を徹底しつつ、隙を衝いて勝つしかない。

早速一発食らってしまった。かなりのダメージだ。これ以上食らうわけにはいかなかった。

次の回し蹴りは両手で止め、抱きかかえてもう片方の足を払って倒したが、次の瞬間波留が高田の足を摑んでやはり倒し、踵落としを腰に喰らわした。

「ぐはっ」

高田は苦しみながらも、すぐに体勢を立て直して回し蹴りを顔面にお見舞いした。見事に決まる。だが、おかしい。通常なら相手が吹っ飛ぶレベルの見事な手ごたえだったが、波留は吹っ飛ぶどころか仁王立ちしたままだ。

しかし、その表情にはさっきまでの余裕はなかった。少なくとも、明らかな怒りの色が見える。こいつから怒りを引き出したって意味では、前回よりマシか。

しかし——勝てるのか、俺。

高田は訝った。

一見互角の闘いだが、力の差は圧倒的だ。次にもう一発喰らえば、勝負はついてしまうかも知れない。

ふたたび波留が攻撃に出る。そのすべてを高田は止める。だが、止めても波留の一挙手一投足はかなり打撃が大きい。

やがて、二発連続で繰り出された正拳を肘でガードした直後に、強烈なひじ打ちを食らってしまった。

「そろそろフィニッシュしましょうかね？」

「うるせぇ……！」

「ほら、血ぃ出てますよ？　ヤバいんじゃないっすか？」

ヤバい……終わる。

高田は苦しさに、がくりと膝をついた。内臓は無事か。胃のなかのものがすべて出てくるのではないかと思った。

唯一の救いは、見事に決まった攻撃に気をよくしてか、波留が攻撃の手を休めたことだ。もう自分の息は完全に上がっている。

やるなら——今しかない。

高田は、思わず波留の腰のあたりにしがみついた。

「俺、しつこいの嫌いなんすよ。負けを認めない奴とか、本当、殺したくなるんですよね」

波留はさらに高田を痛めつけるが、高田は離さなかった。

「やってみろよ……殺してみな？」

あの大会では、強烈な蹴りを食らって、最後に諦めた。今は違う。何としてでも、コイツに勝つ。コイツに……。

気持ちだけで戦っていた。

波留に背中を攻撃され、そのまま崩れ落ち、波留のズボンをひざ下までずり下げる羽目になった。攻撃としてはみっともない部類には違いないが、チャンスはチャンスだ。ズボンを下げられ、波留が慌てた。ズボンは膝の辺りまで下がり、完全に波留の足の自由を奪っていた。

その隙に——高田は鉄の低い柵を足場にして、ひときわ高い飛び蹴りを見舞った。

「これで……飛べ！」

踵が、波留の顎を直撃する。

手ごたえがあった。今度は、さっきよりしっかりハマった。

そして、高田の言葉どおり、波留は今度こそ、飛んだ。

そのまま——コンクリートの床に身体を強打し、倒れた。

高田もそのまま地面にたたきつけられたが、すぐに気力で立ち上がった。大会では見せられなかった精神力。

舞台はどこでもいいのだ。負けが込んでもいい。

自分が克服したら、それが勝利のときだ。

高田は、倒れたままの波留のもとへ歩み寄った。

「……リターンマッチはナシで」

40

手こずらせやがって。

吉田は雪の上に横たわる探偵に唾を吐き捨てると、赤いボストンバッグを持ち、部下二人に「行くぞ」と言った。波留はどうしただろう？　あの眼鏡と闘ってみっともなく負けたりしていたらいいのに。そうすれば、消す手間が省け、事実上今度こそ自分がナンバー2になる。

林の脇に北城の車が停まっている。北城はすでに車の中にいるはずだ。

赤いボストンバッグを抱えて吉田は戻った。北城サン、あんたが自ら招き入れたハイリスクな女のせいで危機に晒された一億円を取り戻してやったんだ。せいぜい感謝してくれよ。吉田は内心でそう思っていた。感謝されて然るべき活躍だった。

それなのに――北城からは感謝の言葉はまったく出てこなかった。奴は開口一番、吉田を罵倒したのだった。

「遅いじゃねえか馬鹿野郎！」

さっきまで震えていたくせに。

内心で小馬鹿にしつつも、吉田は「すみません」と答え、北城にバッグを渡した。

しかし、じつのところ吉田はもう今までほど北城に忠義を尽くす気はなくなっていた。北城の肝の小ささをさっき見せつけられた気がしたからだ。

あのマリって女のほうが数段かっこいいや。

波留を消してナンバー2に収まるまではいい。だが、どのみちこの威張り屋がトップにいたんじゃ、クソみたいな日々はそのまんまだ。何も変わらない。むしろ面倒を処理する回数が増えるだけかもしれない。なら、そのうち様子を見てこの旦那も殺しちまったほうが――。

ところが、北城の声が変わる。

「おい、これ何なんだよ？」

「え、何って……札束じゃないんすか？」

何をキャンキャン騒いでるんだこの人は。さっきの恐怖で頭がおかしくなったんじゃないのか？　吉田は内心で嘲笑しつつ赤いボストンバッグを覗いた。

「えっ……」

「これのどこが札束なんだよ？　あぁ？　これの、どこが、札束なんだ馬鹿野郎！」

「そ、そんな……」

「何なんだよ、これは！」

頭の中が真っ白になった。

そこに入っていたのは、札束ではなく、エロ本の山だった。

吉田がいつもヌイているお気に入りのＡＶ女優が、吉田たちに色っぽくセーラー服姿で微笑んでいた。

41

長い夢を見ていた。

マリと、観覧車に乗る夢だ。

ここで終わりだな、と俺が言うと、いいえここから始まるのよ、とマリが言う。もうすぐ地上に着くぜ？　地上に着いたら、もう一周よ。

ところが、いつの間にかマリが消えて、俺だけが乗っている。

馬鹿野郎、おまえもいないのになんで観覧車に乗る意味があるんだよ。何がここから始まるのよ、だ？　いねえじゃねえか。

おーい探偵。

なんだよ、マリ、いたのか。ずいぶん低い声しやがって。

おーい探偵。

声、低すぎじゃねえか？

「おーい、探偵、目覚めろ」

んぁ……これ、夢じゃ……。

浮上。

かくして、俺はよみがえった。じつに、絶望的な気分で。

目覚めて目の前に立っているのが高田とは、ツイてるようなツイてないような、だ。

「……どうなってる？」

「……手筈通りだよ、金はな」

あいつらはエロ本の入ったボストンバッグを喜んで俺から奪っていきやがった。

俺は北城とバッグを交換した後、マリとともに逃げながら、その途中でベンチで寝そべっている源を見つけ、ベンチの下に置いてある赤いボストンバッグと自分の持っているそれを入れ替えたのだ。

事前に事情を話し、源を巻きこんでおいた。こういう時、源は信用できる。金をネコババしたりはしない。奴は即座にその赤いボストンバッグを椅子の下に隠した。

その前を、手下どもが通過していった。しばらくすると、源は様子を見て北城の部下たちが行ったのとは逆の方向から出口へ向かった。

そして、出てすぐの道路で待っていたオサムの運転する車に乗りこんで逃げたってわけだ。

「どうする？」

「ドームに戻るか。今頃北城はカンカンだ。外へ行くより、戻ったほうが安全だろ」

だが、戻りかけたところで、俺たちは足を止めることになった。

手錠を嵌められたマリが、多くの警官に囲まれて出てきたのだ。

マリ――。

マリもまた、俺を見た。

が、一瞬微笑んだだけで、何も語ることなくパトカーに乗りこんだ。

見たくないシーンだった。

見なけりゃよかった。

さよならも言えずに終わるとはな。

これでよかったのか？

よかったはずだ。考え得るかぎり、最良の結末じゃないか。俺も、マリも、まだ呼吸をしているんだ。

それなのに——何だ、この押し寄せる胸の苦しさは。

そういえば、マリが何か俺のポケットに入れたのではなかったか。俺はポケットに手を突っこみ、それを取り出した。

手紙だった。

「何それ、ラヴレター？」

高田が尋ねた。

「見るな、馬鹿」

俺はそれをもう一度しまった。あとで、ゆっくり読もうと思った。

それから、サイレン音とともに走り去るパトカーを見届けた。

マリの放った叫び声と銃声が、まだ耳の奥で響いていた。

42

〈喫茶モンデ〉には店内全体に風呂上がりのようなだらりとした感じが漂っていた。風呂にも入らずにそんな気分を味わえるなんて、こんな最高なことはない。

気の抜けたコーラみたいになってしまった俺にとっては、昼間の居場所として相変わらずここはベストポジションだった。

まだ、身体が痛む。そりゃまあ、昨日の今日だからな。

「にしても痛ぇわ」

俺が自分の背中をさすっていると、峰子がやってきてブラックニッカのストレートを置いた。

「どうしたの？　派手に転んだわね、探偵さんも」

「まあな。ちょっと、ぼおっと歩いてたらこのザマだよ」

「もう、ちゃんと注意してなきゃダメよ。やっぱり探偵さんには私みたいな女がついてないとダメなのよねぇ」

「はいはい、あ、お客さん来てるよ」

カランコロンと入口の鐘が鳴り、客が入ってきた。常連客の一人でハードボイルド小説の書き手らしい。彼とは奇遇にも入院時期が重なったことがある。彼はいつものように昼間っからウィスキーを注文した。これでしばらくは峰子も放っておいてくれるだろう。

峰子はひとしきり客と談話しながら注文されたウィスキーのストレートを出すと、ようやく腰を落ち着けて新聞を読みふけり始めた。

ふと、峰子が読んでいる北海道日報の一面記事が目に留まる。

写真・文、松尾ってところか。

マリが天井へ発砲している写真に、『日曜日の惨劇』『阿鼻叫喚の地獄絵図』などのド派手な見出しが並んでいる。

松尾らしい、毒々しくて人の好奇心を刺激するタイトルだ。

峰子が興奮気味に客に話しだした。

「ここにいたのアタシ！」

「え？　あの銃撃戦があったって場所に？」と作家が問い返す。

「そうなのよ！　もう、すごかったんだから！　たぶんクリクリのストーカーだと思うのよ！」

「クリクリ……？」

作家は何を思ったか頭の上で両手を合わせて見せた。それはドングリだろう。

俺はそれを何とも言えない顔で聞いていた。

クリクリのストーカー。

世間にそう勘違いさせたのは、通報したマリ自身でもあったからだ。

「あ、そう言えば、探偵さんに似た人を見た気がしたんだけど、まさかねぇ。すごい美人と一緒だったし、そんなわけないか」

「俺が、美人と？　いたら覚えてると思うね」

「だよねぇ。ああよかった！　見間違いだとは思ったんだよねぇ」

峰子は上機嫌で笑うと、また新聞を広げて熟読し始めた。

記事のなかのマリが、俺を見つめていた。

消えてしまった未来のことを考えていた。もちろん、そんなものは無限大にある。無限大マイナス一。その無限大マイナス一の未来はどこに埋められてしまうんだろう？

何より、俺自身が、彼女の夢の残骸にでもなったみたいに、抜け殻状態なのは困ったことだ。落ちてるなぁ。マリの顔を見ていると、次から次に後悔が湧いてくる。あのときした小話より面白いとっておきのやつがあったなんて小さいことから、〈サッポロファクトリー〉なんかに行かずに二人でどこかへ高飛びするっていう手もあったんじゃないか、とか。

マリ、なんで俺を道連れにするのをやめた？

もちろん、新聞の中のマリは、何も答えなかった。

それでも、俺は問わずにはいられなかった。

なあ、本当にこれ、最良の結末だったのか？

43

何回同じ質問を繰り返す気なの？

マリは内心で少し辟易しつつも、真っ直ぐ刑事を見返して答えた。

「はい、間違いはありません。椿も工藤も私が殺しました」

自分のしたこと、そのすべてから、逃げないことを示すために。

それから、取調室って案外暖房が利いているのね、と妙なところにマリは感心した。

刑事たちはどうにもマリが単独で計画したことに納得がいかないようで同じ質問を何度もしてくる。

「かわいい顔して、大胆なことを仕出かしたもんだね、あんたも」

刑事は何度もマリの前をうろつきながら言った。

「はあ」

「どこかの組の男にでも頼まれたんじゃないのか？　桐原組とか」

「何ですか？　それ。私はただ殺したかったから殺したんです。そうしないといけなかったんです」

「じゃあ、どこにも頼まれずに、あんたが自分の意思で殺したっていうのかい？」

「そう言っています」

「二人目の工藤を殺したのは、それがバレそうになったからか？」

頷くと、刑事は不可解なものでも見るようにマリを見やり、それから溜息をついてかぶりを振った。

「学校の窓ガラス割ったのとはワケが違うんだ。あんたは人を殺したと言っている。しかも、北城水産のトラックからあんたが盗み出したのは、毛蟹だ。いくら金になるったって、たかだか総額で十数万円の代物だ。そんなもののために、あんたよりずっと図体のでかい男を二人も殺すってのは、どうにもわりが合わないと思わないか？」

「でも私がやったんです」

「それを信じないわけじゃないんだが……毛蟹なんかのために、二人も殺すってのは、一体、どんな神経なもんかなと思ってね。今はどうなの？　後悔とかしてるのかい？」

これはもはや取り調べというより、刑事の単なる好奇心で聞いている感じだろうな、とマリは思った。

「自分のしたことに後悔はありません」

「殺人だよ？　人を二人殺したんだよ？」

「殺す以外の方法はなかったんです」

何度聞かれても、マリの回答はブレない。

もう思い残すことは何もない。あとは神様が自分の時計を止めるのを静かに待つだけ。

「繰り返すが、本当に桐原組は関係ないんだな？」

「私、ヤクザじゃないですから」

刑事はマリの目をじっと見据えた。

こんなにヤクザだと疑われる女っているのだろうか、と思うと自分でもおかしかった。ちょっと派手にやり過ぎたのかもしれない。

「あんたがそう言うなら、そういうことにしよう。いいんだな？　誰かにやらされたってほうが罪は軽くなるんだぞ？」

「はじめから終わりまで、すべて、私ひとりで考えて行動したことです」

法がどんな刑を確定させようと、恐らく自分はその刑期より前に生をまっとうすることになる。

自分を裁けるのは、神様だけ。

だからこそ、ひとつも偽る必要がなかった。

「動機は？　なぜ椿を殺した？」

ただ一点を除いては――。

さっきも答えたことを、もう一回言わせる気のようだ。

マリは満面に笑みを浮かべて答えた。

「どうしても毛蟹を食べたくて」

その回答に、刑事たちは顔を見合わせ、溜息を洩らした。

マリはじっと壁を見ながら、これでよかったのよ、と思った。考え得るかぎり、最良の結末。あの人も、自分も助かった。

そして――あのお金も。

44

マリの逮捕後、いちばん厄介だったのは、麗子を連れ出すという例の任務だった。

匿われていたアパートから麗子を連れ去るのには、暴れるヤギを檻から出すくらいの苦労をしたと言っても過言ではない。彼女はてっきりマリが迎えにくるものと思っており、俺たちを警戒したからだ。結局、俺はドアのチェーン越しにテレビを見ろと伝え、マリが逮捕されたことを信じさせねばならなかった。

そうしてようやく外に出てきたくせに、今度は原田に合わせる顔がないと抜かしやがる。

探偵にとってもっとも眉間に皺の寄る作業とは、ヤクザの揉め事に巻きこまれることなんかではなく、煮ても焼いても食えないやつに対処することなのだ。

そんなこんなでどうにか北大農学部キャンパスまで連れてくるのに、半日かかった。キャンパスに着いた頃には俺は十くらい老けこんだ顔をしていたことだろう。

「余計なことは言わなくていい。君は地元の友だちが交通事故に遭って、その看病をしているさなかに携帯電話をなくした。それだけだ」

「……そんな嘘、うまく言えるかどうか……」

麗子は自信なさげに首を傾げた。

まるで生まれてこの方嘘をついたことがないみたいに。まったくふざけた話だ。これまで売春していることを内緒にしていたくせに。臍《へそ》で茶を沸かしたついでにサウナで氷ができるわ。

「じゃあ本当のこと言うか？　俺は関係ないからどっちでもいいんだけど。〈ピュアハート〉っていう優良企業でバイトして……」

俺の口を麗子が手で覆った。挙げ句キッとした表情で睨んでくる。

「それは無理です」

俺はもう少しで吹き出しそうになる苛立ちのマグマをどうにか抑えこむ。

俺の気配を察して、高田が小さく頷いてみせる。

わかってるよ。

若い奴に余計な口出しするほど野暮じゃない。だいたいアドバイスほどくだらないものはない。人間ってのはアドバイスを受け付けないようにできている。受け付けたふりができるだけなのだ。

俺たちは今、北大の博物館の前の柱に身を隠していた。中退した大学にいるのは気づまりで何とも嫌なもんだ。自分の捨てたものがまだそこには地続きで横たわっていて、手招きしているような気すらする。長居は無用だ。

そこへ、原田が帰宅しようと正門へ向かって歩いてくるのが見えた。

「ほら、彼氏のご登場だ。行くぞ」

俺と高田は麗子の腕を引っ張って、原田のもとへ向かった。

原田は俺たちを見て、立ち尽くした。何も疑うことを知らない男は、ずっと捜し求めていた宝物が目の前にいることに驚きすぎたのか、言葉を詰まらせている。

「麗子……」

名前を口にするのが精一杯だったようだ。馬鹿らしくてやってられない。だが、原田がこれ以上頑張る必要はない。あとは麗子のほうから受け入れやすいように歩み寄ればいいんだ。

さあどうする？　「苦手な嘘」かも知れないが、頑張ってやれよ。それが最低限、おまえが彼氏に見せられる誠意だろうが。

麗子は目を潤ませ、手を口元に当てて、恋人に会えた安堵を堪えきれないような表情を作りだした。それが演技だなんて断じる権利は俺にはないし、そこまで洞察力に優れているつもりもない。俺としては、依頼人を傷つけずにことが丸く収まればそれでよかった。

麗子は原田に駆け寄った。原田も今にも泣きだしそうな顔で麗子のもとへ向かう。だが、次の瞬間俺は度肝を抜かれた。泣きだしそうだった原田より先に麗子が号泣し始めたからだ。

「誠……ごめんね……地元の友だちが交通事故に遭ってずっと看病してて、連絡しようと思ったんだけど、携帯をなくしちゃって……」

原田は愛おしさ極まったといった感じで麗子を抱きしめる。そうですか。そうきましたか。あっぱれだね、まったく。

「心配かけやがって……！」

やっと彼氏らしい台詞が口から出てきたな。「苦手な演技」が、原田の心の緊張を解《ほぐ》したんだから、大したもんだと言わざるを得ない。諏訪麗子——岬マリとはまったくべつの意味で、なかなかのツワモノだ。

「うわあああ〜」

抱き合って泣いているカップルはハゲタカも食わないが、そのうえ麗子は見事な演技で号泣しながら、腕時計を見て時間を気にするという離れ業をやってのけていた。呆れを通り越して敬服すらしてしまいそうになる。

「……本当はあの手の女が一番信じられないんじゃねえか」

二人に聞こえない小声で、高田がぼそりと言う。

「……天然ものだ。行こうぜ。これ以上は見るに堪えない」

「同感」

俺たちは歩き出した。

こうして俺は、実に安易に引き受けた、ごくありふれた依頼を解決した。

おっと、そうだ。

俺は、立ち止まって振り返る。

原田と麗子はまだ抱き合った恰好で喋っていた。大学校舎内の風紀を著しく乱している。まあ中退した身にとってはどうでもいいことではあるが。

「麗子、実家のお母さんに五万円払わなくてよくなったって言っといてー」

麗子はきょとんとした顔をしているが、詳しく話すこともない。早く親に電話してやれ。

「そういえば、北城のところ、ガサ入れ入ったらしいね」

高田でも知っているんだから、それなりにススキノ界隈には知れ渡っているニュースと言っていいだろう。

その話をいち早く俺の耳に入れてくれたのは、相田だった。

――ダチの刑事が教えてくれたんだ、明日ガサ入れ入るらしい。

か。

——何時ごろだ？

——そいつは知らねえが、奴らの動きが鈍いときを狙うなら、午前中だろ。

例のクラブで夜に騒いだ後なら、睡魔との闘いであろう午前中を狙うのはたしかにやりやすいに違いない。北城が出社している時間を狙うなら、正午の少し前ってところだろうか。

そう当たりをつけて、俺は北城のビルの前で張りこみをした。

あとあとどこかでマリに報告しなきゃならないこともあるんじゃないかと考えたからだ。お陰様で、なかなか話の種《たね》になりそうな場面がたっぷりと拝見できた。

「北城はもちろんお縄。組は壊滅状態だ。今回の失態で花岡組から完全に見放されたからなぁ、そりゃあ警察も遠慮する理由がなくなったってわけだ」

逮捕されるときの北城の情けない面ったらなかったな。よっぽど捕まるのが嫌だったんだろう。べつにブタ箱が嫌だったわけじゃない。出所後の命がないことが確定しているからだ。何なら、拘留期間中に刺客を送られる可能性だってある。ヤクザにとっては、ブタ箱の中だって戦場なのだ。

日本の警察は持ちつ持たれつの関係がなくなった途端容赦がなくなる。

今頃、相田のやつもロウリュを受けながら、北城逮捕のニュースを見て高笑いが止まらないってなところだろう。感謝しろよちょっとは。まあ、しないだろうけどな。

「波留とかどうしてんだろうな？」

高田が不意にそう呟いた。

一度は負かされた相手だ。やはり気になるのだろう。

「北城が捕まった後、仲間内の抗争がいくつかあったらしい。死体も結構出たみたいだった。波留はその主犯格として警察に追われていたが、先日漁港付近で泥酔しているところを逮捕された。かなりヤバいシャブでキメてたらしくて、いまだに廃人同様らしい」

「真面目に生きてりゃいい格闘家になったのにな。残念だ」

高田は心底残念がっているようだった。格闘家ってのは、ときに敵にすら深い愛情を持っているものらしい。

「これから飲むか？」

高田のほうから誘ってくるとは珍しい。だが、あいにく今日の俺はすぐには飲めない身体だった。

「また夜、〈ケラー・オオハタ〉に来いよ。ちょっと今からは用事があるんだ」

「へぇ。依頼？」

「まあ、そんなところだ」

高田はそれ以上は何も問わなかった。

俺の目を見れば、それがマリ絡みであることがわかったからかも知れない。

「んなことより、おまえニュージーランドのアレはどうなったんだよ?」

「ん、ああ、アレね。行くよ。ちょっと延期してもらってるだけ」

「そうか。まあじゃ、準備しとけよ」

「もう済んでるよ。あんたをこの街に置いてくのはちょっと気がかりだけどな」

俺は笑った。

「何を馬鹿なこと言ってやがる。恋人か!」

「そんなようなもんだな」

「そんなようなもんじゃねえだろ……否定しろよ」

45

一時間後、俺は駅に預けておいた赤いボストンバッグを抱えて総合病院へと向かっていた。道すがら、何も考えていないつもりでも気がつくとマリのことを考えている自分がいる。

何を見ても、どの方角を向いても、風景のなかにマリの気配を探している。マリが拘置所にいるという認識と、ここにいてほしいという希望のズレは、いよいよ深刻だった。

俺はかぶりを振って雑念を追い払った。そう、これというのも、まだマリの依頼を遂行できていないからだ。そういうことにしよう。

ポケットからマリから預かった手紙を取り出した。もう何十回も繰り返し読んできた手紙。マリらしい、几帳面な字が並んでいる。

前略、篠原里美《しのはらさとみ》様

このお金を全額『里美ちゃんを救う会』に寄付いたします。どうか治療にお役立てください。名乗らぬ無礼をお許しください

マリが捕まってすぐ、俺は手紙を開けて読んだ。愛の告白の手紙かと思っていたら、ずいぶん重たいものを最後に託しやがった。だが、ほかに頼める奴がいるとも思えない。依頼料はすでにもらっている。

エントランスを潜り、ロビーに向かう。松葉杖の老人、点滴をしながら歩く女性、頭に包帯を巻いたまま駆けてゆく少年、病院は生を希求する人々で溢れ返っている。

俺はそれらの人々にぶつからぬように気をつけて歩いた。明け方まで飲んでいたから少々酒臭いのを忘れていた。酒を抜いてから来ればよかった。もう遅いか。

俺は病院の受付で尋ねた。

「篠原里美さんて、どちらの病棟に入院されてますか？　お見舞いに来たんですが」

「少々お待ちください」受付の女はすぐに確認し、病室の番号を告げた。

俺は手紙とボストンバッグを手にエレベータに乗りこみ、深呼吸を一つした。病人に会いに行くのは、いつだって憂鬱なものだ。それが、まったくの他人であっても。たぶん、こんなくだらない生活を送りながら、病気もしていない自分が後ろめたいのだろう。

それにしても、篠原里美って誰なんだ？

エレベータを降りた廊下には札がぶら下がっていた。

〈小児病棟〉とある。

指示された病室は、一番手前にある大部屋だった。全部でベッドが六つ。そのうち、いちばん窓側のベッドが、〈篠原里美〉のベッドだった。

そこで絵本を読んでいた、四歳くらいの少女を目にしたとき、俺のなかでパズルのピースが埋まった気がした。

この目の感じ――。

目が合った。

俺は思わず微笑んだ。

マリを、小さくしたような雰囲気の少女に。

マリのおなかの子がどうなったのか見届けた者はいない……生まれていたんだ……間違いない、最期にあいつは、病気の我が子に金を残そうと……。

思わず、頭を撫でようと手を伸ばしかけていると、背後から声をかけられた。

「あの、どちら様ですか？」

慌てて振り向くと、洗濯物を持った女性が立っていた。歳の頃はマリと同じか、もう少し上といったところか。

「娘に何か？」

「……あ、娘さん……ですか？」

「はい」

怪訝な表情で女は俺を見ていた。よく見ると、この少女に似ている。マリよりも、ずっと。

ふと見ると、傍らに食べかけのバースデーケーキがある。

『里美ちゃんお誕生日おめでとう』のプレート。ろうそくは四本。

カレンダーを見ると、二月十八日に〈里美ちゃんの誕生日！〉と書いてある。

あの夜の会話が思いだされた。

——飲まない？　誰かと乾杯したいの、もうすぐ誕生日だから。

——……おまえのか？

——内緒。

俺はあのとき、てっきり死んだ自分の娘の生まれた日なんだと思っていた。

「実の娘さん……ですよね……」

「……そうですけど？」

そのとき、里美が向かいのベッドの患者が見ているテレビの画面を指差した。

「ママ、あの人」

ワイドショーが流れていた。

《蟹を食べたくて人を二人も殺すって、こんな異常な殺人は前代未聞ですね》

キャスターが、マリの動機を疑いもせずに馬鹿コメントをしていた。それに対して〈犯罪心理に詳しいジャーナリスト〉とやらがまた馬鹿コメントを追加する。

あれ以来、マリは異常な動機をもった殺人犯として世間を賑わせている。すべては、マリの意思によって。

「ああ本当……」

母親が両手を口に当てて驚く。

「なんてことかしら……信じられないわ」

「……あの人が……何か？」

「いえ、ここの患者さんだったらしくて、よくこの子と遊んでくれていたんです……まさかこんな人だったなんて」

「ママ、怖い」と里美が母親にしがみつく。母親は里美の背中を撫でた。

「大丈夫よ、もう警察に捕まったから」

「……」

とっさに誤解を解こうと口を開きかけた。

だが、結局何も言わなかった。

「さ、検査に行こうか」と母親がいい、里美は素直にうなずいてベッドから降りた。そうして二人は行ってしまった。

マリは誤解されたままでいることを望んだ。なら、俺もあえてその誤解は解くまい。

俺は赤いボストンバッグをそっとベッドの足元に置き、マリの手紙を添えると、病室を出た。そこから病院を出るまで、どうやって歩いたのかも覚えていない。

ただ、ずっとマリのことを考えていた。

どういうことだよ？　意味がわかんねぇ。

何だよ？　なんでよその、何の関係もないガキに一億貢いでんだよ？　それが、おまえがあんなにも命を燃やしたものなのか？

命を――。

そう考えて、俺は四年前の会話を思い出す。

——……命を燃やすもの……？

——それは自分にしかわからないもんだ、他人から見たら下らないものだったりするしさ。

——……。

——おまえみたいなやつに限って、私出会っちゃった～とか言ってあっさり手に入れたりするんだよ、馬鹿野郎。

——……。

自分にしかわからないもの。

他人から見たら、くだらないもの。

過去の俺が放ったいい加減で薄っぺらな人生哲学。

だが、そいつが、彼女が一億を委ねた存在にはぴったり符合する。

モンローが言っていたではないか。

——……あの子、家族がほしかったのよね。

家族……。

——探偵さん……私、出会ったよ。

——あ？

——出会ったんだ。

マリが、俺に最後に放った言葉。あの土壇場で、別れらしいセリフもないなかで、それでも彼女が俺に伝えようとしたのは、「出会った」ってことだった。

病院のロビーを出て、俺は灰色の空を見上げた。

また、雪が降りそうだった。

拘置所からはこの空が見えるだろうか。

マリ、こんなもののために、おまえは人を二人も殺して、ブタ箱行きを選んだのか？

病に侵されてるっていうのに。

誰から見てもくだらないもの。

自分にしかわからないもの。

家族がほしかったおまえの選んだ、おまえだけの、命を燃やすもの——。

「自分の子ですらねえのかよ……」

白い息が、口から出て行き、灰色の空に解けた。

不揃いの愛は、ときに絶望的だ。

絶望的に悲しくて、絶望的に美しい。

俺はコートの襟を立てると、歩き出した。行きに通ったのと同じ白樺並木の道がまっすぐ続いている。だが、その光景すべてがさっきまでとは違って見えた。マリの片鱗を探すのではなく、ただ、マリの悲しい願いがそこらじゅうに漂っているみたいだった。

道行く誰も彼も、こんなにも痛切で、馬鹿げた願いを胸に秘めた女がこの病院にかつていたことなんか知りもしない。いまじゃ、岬マリは「毛蟹のために人を殺したサイコパス」でしかないんだから。それが悲しいのかと聞かれれば、そんなことはどうでもいいことのような気もする。誰に知られていようと、マリの孤独の総量が変わるわけじゃないんだ。

それでも——。

せめて俺だけは、マリが命を燃やしたものを馬鹿にするまい。

空を見上げた。里美に出会った日、彼女はどんな思いで空を見上げた？　その空にはどんな雲が浮かんでた？

羊雲か、飛行機雲か……。

どんなものでもいい、おまえはきっとそのとき、自分を取り囲む風景のすべてがかけがえのないものに見えたよな？　今の俺がそうであるように。

見つけた——。

おまえがそう言うなら、そういうことにするよ。

よかったな。よかったじゃないか。

俺はそう考えながら、駅へと向かった。

46

灰色の空を、見ていた。

拘置所の格子越しに見える空は、逮捕の前にサングラス越しに見た、ススキノの空のように映る。

雪は、降っていない。

ただの灰色。

自分の人生の色。

失うことばかりの人生だった。最初に失ったのは、牧場だった。父と一緒に牛たちに干し草を与えるのは、マリの仕事であり楽しみでもあった。その手塩にかけて育てた牛たちを、両親は近隣の牧場に頭を下げて引き取ってもらった。

多額の借金を負っていて、牧場経営がついに破綻したのだ。土地まで手放しても、大した金は手にできず、そのほとんどは借金取りに持って行かれた。ずっと続くとどこかで信じ切っていた日常は、あまりに唐突に終わった。

それまでと比べ物にならないくらい小さなアパートに三人で暮らすことになったときも、マリは新たな暮らしが始まるウキウキした気持ちを抱えていた。ヤクザがドアを蹴り飛ばして怒鳴り声を上げてくるまでは。

両親の表情に張りつめたものを感じたのは、その頃からだったか。それまでは、マリの前でだけはどうにかそういった顔をしないようにと努めていた。それが、できなくなった。

彼らはもう方々に借金をしており、首が回らなくなっていた。親戚たちからは愛想を尽かされ、頼みの綱の祖父母にはすでに他界されていた。もう自力で生きていくしかないという焦りに反して商売はうまくいかず、そうこうするうちによからぬところから借金をして牧場を手放す羽目になった。

新居に移っても、父の仕事は一向に定まらなかった。肉体労働系の仕事を求めたが、どれもうまくいかなかったのだ。父は頑固で、要領が悪く、人の下で働くことにまったく向いていなかった。

母は金を工面するべく、夜に化粧をして出かけるようになった。「大丈夫だから、明け方には戻るからね」。でもその前にいつも父と揉めた。「あなたが稼いでくれれば私だって……」二人の言い合いは、いつも袋小路だった。ここから先にはどこへも行けないんじゃないか、娘のマリの目から見てもそう思えた。

ある日、母が顔に痣を作って明け方に帰ってきた。母は部屋の隅で泣いていた。ずっと起きて待っていたらしい父がそばへ行って慰め、「死のうか」と言うのを、マリは布団の中で聞いた。自然な成り行きだと感じた。

死のう――それくらいしか、出せる答えはなかった。

ご飯の前に薬を飲まされたときも、それが何という薬なのか、聞かなかった。両親が「終わらせる」と決めたのなら、ほかに道はないのだと思った。

飲んでしばらくして、気持ちが悪くなった。ひどい船酔いをしたみたいに頭がぐらんと揺れ、景色が歪んで見えた。そして意識が朦朧として、やがて気を失った。

目覚めたのは三日後だった。自分一人が、薬の効き方が悪かったのだ、と医師は説明した。

――君は運がよかった。

――お父さんは？　お母さんは？

医師は口を噤《つぐ》み、下唇を噛みしめた。しばらくしてから、喉から絞り出すようにして、手の施しようがなかった、と言った。けれど、マリが聞きたいのはそんなことではなかった。

――苦しまなかったんですか？　静かに死ねたんでしょうか？

医師は力強く頷いた。よかった、と思った。よかった。

目を瞑ると、牧場で父に牛の撫で方を教わったときのことが、母に乳の搾り方を教わったときのことが昨日のことのようによみがえった。

――人差し指から順に、最後に小指にそっと力を入れて搾るの。痛くしちゃダメ。

――搾るのに？

――おっぱいの中にあるお乳のことを考えてみて。ミルクは白い血液なのよ。だから細い血の管をたどって、おっぱいの先までやってくるの。痛く搾ったら、その管を途中で塞いでしまうかもしれないでしょ？

優しく優しく――。

あんなふうに、大地と一つになってずっと暮らしていければよかった。けれど、自分たち家族にはそれが許されなかった。何がいけなかったのかはわからないけれど、きっと初めからそういうふうに決まっていたのだろう。

そして、父と母は逝ってしまった。

彼らが苦しまずに死んだことに救われた。自分の先行きに不安は特になかった。ただ、なぜ生きているのだろう、と常に不思議に思った。自分が何のために生きているのか、マリにはずっとわからないままだったのだ。

それから、身よりのないマリは夜の世界に飛びこんだ。

モンローに助けられ、客にひどい目に遭わされながらも、どうにか歯を食いしばるように暮らした。何のために歯を食いしばるのかわからない日もあった。そういう時は、父と母のことを考えた。

父と母が経験しなかったことが、まだこの世にはたくさんある。苦しいけれど、その一つ一つを自分が彼らの代わりに経験していると考えると、少しだけ気が楽になった。後ろ向きな希望だな、と自分でも思ってはいた。けれど、ほかに縋《すが》れるものがなかった。

そのなかで――一人の客と恋に落ちた。

妻子持ちだとはわかっていたけれど、お互いに本気で愛し合っていると信じていたのだ。だから、子どもができたときは喜んで報告した。

――え、おまえ何喜んでんだよ？　何考えてんだ？

――何って、だって子どもが……。

そう口にした瞬間、男は気でもおかしくなったかのように殴りつけてきた。

――ふざけたこと言ってんじゃねぇ！　なんでおまえが俺の子を産むんだよ！　馬鹿じゃないのか？

馬鹿？　どうして？　でも何も問い返せなかった。

お腹だけは蹴られまい、と守るのに必死だった。

堕ろせ堕ろせと男は連呼した。死よりも冷たく、長い夜だった。マリは何度も男に謝り、堕ろすから、堕ろすから、と答えた。

男とはそれきり会うのをやめた。連絡先も替えた。その後は、結婚などしなくてもとにかく子どもを産もうと、それだけを考えた。ハードな風俗業を辞めて、イメクラやヘルスといった本番なしの店に移ったりして、どうにか身体を傷つけずに稼ごうとした。

それでも何度かは防ぎきれないことがあった。男という生き物は想像を絶するほど下劣なところがある。値段を払わずに乱暴だけ働いて終わらせようとする客に遭遇する確率だってかなり高いのだ。いくら本番プレイはNGと謳《うた》っていても、そんなものは社交辞令くらいに考えている輩は掃いて捨てるほどいる。ある程度は断るけれど、何度かは半ば犯され、抵抗することもできずに激しい行為を求められた。

そんななかで、お腹がめげずに大きく成長していくことは、奇跡にも似た喜びを感じていた。

お腹が大きくなると、今度は妊婦、母乳専門店に移った。そこには多くの主婦たちが、昼間とはべつの顔をして働いていた。妊婦という身体の独特の曲線美を売りにできるのは今だけと割り切り、むしろそれを大いなるメリットとして活用し、家計の足しにしようとしている彼女たちに励まされ、マリはそこでの仕事に慣れていった。

その後も何度となく、激しいプレイをすることはあったけれど、胎動が感じられるから大丈夫だと高をくくっていた。

そうして、臨月を迎え、やがて、破水した。

急いで救急車に乗り、病院へと向かった。かつて、父母とともに運ばれ、自分だけが息を吹き返した病院。そこでまた新たな生命を授かるのだ。これは、新しい家族。父母の代わりに、神様がようやく自分に新しく用意してくれた家族なのだ。

激しい陣痛で朦朧となりながら、マリはそう考えて痛みに耐えた。

数時間後、あらんかぎりの力でいきみ、赤ん坊が取り上げられた。生まれた。家族が、できた。

けれど、医師も看護師も、よかったねとかおめでとうの声を誰も発せず、息を呑んでいた。

何かがおかしい、とその時にようやく気づいた。

死産だった。

たしかに身体から子どもが取り上げられたという感触、そして激痛の和らぎが、長らく待った希望の福音に感じられた。

ただ、産声が聞こえないことが、不思議だった。

——残念ですが、お子さんは……。

主治医の言葉は、マリを一気に絶望のどん底へと突き落とした。

生きていく最後の気力を失った。

やけっぱちになって、モンローの元に戻ると、ひどい客ばかりを一手に引き受けるようになった。もうどうなってもよかった。いつ死んでもいい命だった。

かつてのように、父母の経験しなかったことをなんて、後ろ向きな希望はもはや持てなかった。一度新たな家族を持てるという希望を手にしてしまった者は、後ろ向きな希望に戻すことなどできない。何をしていても、自分の身体ではない感覚が付きまとった。

ここにいるのは誰？

男の上にまたがって、腰を振っているこの女は誰だろう？　何も考えず、何の感情もなく、自動的にあえぎ声を出しているこの人形みたいなモノが、なぜ今なおこの世にいるのだろう？　答えはどこにもなかったし、答えすら必要とはしていなかった。ただ、死のうとする気力がなかった。

死のうとすると、父母の決断の夜がよぎったせいもある。自殺には、ある種の膨大なエネルギーをひとつの夜に集約させねばならない。それだけのものを寄せ集める力に、「虚しい」という感情が固い蓋をしていたのだ。

それが――あの日に変わった。

探偵が、マリを救った日。あの男が酔いに任せて言った言葉が、自分のなかで一本の道になっていった。

命を、燃やすもの――見つけられるだろうか？

見つけられたらいい、と思った。

体調を崩して病院へ行ったのは、そんなさなかのことだ。病院の休憩室の片隅にある、子どもを遊ばせるコーナーに、一人の女の子がいた。

年の頃は、二歳かそのくらいだろうか。

自分の子も生きていれば――。

そう思わずにはいられなかった。

――さとみちゃーーん。

子どもが呼ばれると、母親が彼女を抱き上げて連れて行った。

そこに認識バンドが落ちているのに気づいた。

拾ってみて、驚いた。

『篠原里美　平成二十五年二月十八日生まれ』

それは、娘が生まれた日であり、娘が亡くなった日だった。

単なる偶然。

そんなものに運命を感じるなんて馬鹿げている、と冷静に思っている自分もいる。けれど、もう一人の自分が言ったのだ。「見つけたね」と。

診察を終えた後、母親が支払いに行っているあいだ、ふたたび遊びのスペースにいた里美に、マリは認識バンドを届けて、「……二月十八日なの？」と尋ねた。

里美はきょとんとした顔で何も答えなかったが、マリはその表情の一つ一つすら愛おしくてならなかった。

「そう、二月十八日なの……そう……」

尊《とうと》かった。ありがとう、ありがとう、こんなきらきらした瞳に会わせてくれて。

マリは里美を抱いた。小さな小さな体。いつか、自分が抱くはずだった小さな体。

マリはもうその子を自分の娘の面影と切り離すことができなくなっていた。

わたしの子……わたしの、家族……。

嘘でもいい。

ただのまやかしでも。

それを、自分が本物だと決めたのだから。探偵も言っていた。

——何かってそりゃ何て言うか、命を燃やすものだよ。

——……命を燃やすもの……？

——それは自分にしかわからないもんだ、他人から見たらくだらないものだったりするしさ。

他人から見たらくだらなくても、いいのよね？　探偵の言葉が、心の中にあった二つの声のうち一つを選ぶことを許した。里美を我が子のように愛する。里美のためにすべてを捧げる。傍からどう見えるかはどうでもいい。私は私の娘にすべてを捧げる。


それからだ。北城の面々に出会ったのは。

ヤバい連中だと思った。夜にはナイトクラブでシャブをキメ、その流れでそのまま女をホテルへ連れこむ。

けれど、その中にいる椿という男をひと目見たとき、それまでとは違ったプランが芽生えた。マリは椿を知っていたのだ。相手はまったく自分を覚えていないようだった。雰囲気が変わったから当然か。だが、マリは椿を忘れるはずがなかった。

自分を身籠らせ、暴力を振るった男だったからだ。はじめは優しいふりしていたが、後半は暴力ばかりだった。

すでに医師からは余命を告げられていた。自分がこの世にいる間に、里美のために最大限の成果をもたらす。

大博打に出ることを決めたとき、その最初の犠牲者に椿を選ぶことを躊躇わなかった。椿は粛清されて然るべきなのだ。

椿を殺したとき、胸が強く痛んだ。良心の呵責なんかではない。亡くなった子の悲しみが、復讐では消えないことを知った痛みだった。それでも、ささやかながら、命を燃やす理由ができた。

探偵に再会さえしなければ、もっとことはシンプルに運んだはずなのだ。まさか、あの再会を機に探偵に恋してしまうなんて――。

探偵の優しい横顔を思い出す。

もっと早く、最初に自分を捜しに現れたあの夜に、そういう関係になっていれば、自分はあんな無謀な計画を思いつくこともなかったのかも知れない。

探偵と所帯をもち、どこかの街で静かに暮らすことだって——。

そこまで考えて、マリはかぶりを振った。

すべては終わったこと。選ばれなかった未来のことは考えまい。探偵と自分の一生は、あの夜のなかにあったのだ。

それでいい。

壁にもたれてぼんやりと灰色の壁を見つめる。

胸の痛みが激しくなる。今までにないほど、強い痛み。

薬は、もう手元にない。警察には、病気のことは内緒にしていた。服をぎゅっと摑む。痛みに耐える必要自体、もはやないのだ。すべては終わったのだから。

灰色の空。

探偵は寒空の下で、何を考えているのだろう？

里美に、無事にお金を渡してくれただろうか？

自分の子、自分の家族。

里美が天使のように笑い、難しい手術が受けられることに歓喜する姿を思い描いた。

さようなら、私の娘。

マリは目を閉じた。

目蓋《まぶた》の裏で、マリは観覧車に乗っていた。探偵と自分、そのあいだに、女の子がいる。

探偵が女の子を撫でる。
――楽しいか？
――うん！
それから探偵が嬉しそうにマリを見る。たった一晩に押しこめた、二人の一生。
最後の痛み。全神経をめぐる痛みの後、不意に嘘みたいに身体が軽くなる。
ああ、生きた生きた。
たっぷり、生きた。
ごちそう、さま……。
その後のことは、マリにはわからない。

47

「……赤の他人……？」

高田の素っ頓狂な声が、〈ケラー・オオハタ〉のカウンター席に響く。店じまいはまだだが、客は俺たちだけだ。今日はずいぶん空いている。早めの反省会には持ってこいの夜だ。

「生まれてくるはずだった自分の子と、誕生日が同じ……ただそれだけだ」

今日、病院に行って知ったことを、高田に話してやったのだ。

「……ただそれだけのために命を燃やしたのか」

高田は理解不能だというように、一点をぼんやり見つめていた。

「……馬鹿だよ……酔っ払いが……適当に言ったことなのによ……」

本当に馬鹿だ。

なぜこうも人生というのは順序が滅茶苦茶なのだろう？　俺とマリを先にくっつければ、まったく無駄がなかったのに。

傍らにある新聞を手にとったが、すぐに放った。

そこにマリに関する情報がないかなと一瞬思ったのだが、考えてもみれば、マリにどんな判決が下るのか、そんなことはどうでもいいことだ。どうせ間もなく獄中で生涯を閉じるのだから。

しかし、あの手の女の言うことは信用できない。病気と言うのも嘘じゃないのか？

嘘か。

嘘であってほしいだけ、か。

馬鹿か俺は。薬の存在まで否定するとはな。

客が一人入ってきた。

カウンターに座ったその女を見て、一瞬どきりとした。

こちらを見て微笑んだその女が、マリに見えたのだが、よく見ると似ているのは髪型とまつ毛の量くらいだった。

第一、有り得ない。

だが、俺にはいつか、刑期を終えたマリが再び目の前に現れる気がしてならなかった。

もし、マリの病気が嘘で、いつかそんな日がくるのなら、俺はその日を静かに待とうと思う。

ギムレットの入ったグラスを持ち上げる。

「馬鹿で最悪で……最高の女に」

「……その女に唯々《いい》諾々《だくだく》と従った虫けらに」

高田もグラスを持ち上げ、乾杯した。

また夜が更ける。

マリ、いい夢を見ろよ。

そう念じながら、一気に飲み干した。

48

〈ケラー・オオハタ〉を出る頃には、俺たちの酔いを一気に冷まそうとでもするように冷たい雪が降り始めていた。

「雪もよく降るねえ、飽きもせずに」

今夜はまたずいぶんと吹雪いている。

行き交う人々も、いつもより数倍早足だ。積もってくると、雪に足を取られてしまう。

「……雪が飽きたりするわけないだろ」高田が当たり前のことを言う。

「あ、そういえば、原田と麗子、結婚決まったって」

「そうか……めでたいな」

間抜けと腹黒の組み合わせは案外最強かも知れない。うまいこと幸福を守り抜くかもな。

俺は自分に言い聞かせるように頷いた。それこそ、原田が麗子に命を燃やした結果なんだ。

誰が笑うことも、許されるわけがない。

「そうだな」と高田も同じ思考回路を巡らせたものか頷いた。

それから、俺は封筒を高田の手に握らせた。

「何だよ？」

「餞別だ。ニュージーランドで円は使えないだろうけどな」

高田は中身をみて驚いたようだった。

い。

「一度出したもんは、引っこめられねえよ」

マリの依頼料はちょっと破格だった。これくらい出しても俺の懐は目下のところ痛まない。

「……いいよ」

高田は渋々といった感じで受け取った。ニュージーランドに行ってしまえば、もうこいつとこうして飲んだりはできなくなるのか。それはそれで、こう、ぬらりと寂しい気がしないでもないな。

「……しばれるな」

「ああ……札幌だからな」

俺も高田も、しばし無言で街を眺めていた。

高田はこれからしばらく見られなくなる光景を目に焼きつけておこうと思っているのかも知れない。

俺は人を喪失しながらも続いていく街並みに、明日も明後日も居続けることを、再確認しただけだった。

それから俺たちは、おもむろに左右に分かれ、別々の道へ歩き去った。いちいちしみったれた別れの言葉も要らないだろう。恋人でもあるまいし。

誰もみな、懸命に生きている。

自分の大切なもののために。
高田は牛を。俺は……何だっけね。まあいい。
いつかのマリの瞳みたいに輝くネオンの光に向かって、俺はゆっくり歩き出した。

エピローグ

牛の声ってのは深いね。どこまでも深く、のどかだ。春はまだ来ないが、まあしばらくこの凍てつく寒さを凌ごうって気分になる。

問題は——ここがニュージーランドじゃないってことだ。

俺はここへススキノから二十分でやって来た。

これは、いわゆる目下の最優先事項ってやつだ。

牛舎の外から覗くと、干し草を牛に与え、頭を撫でてやっている高田を発見した。

一杯食わせやがって。

「……ニュージーランドの酪農を教わりに行くんじゃなかったのか」

高田は俺の声を聞いても顔を上げもしない。やはり確信犯か、この野郎。

「教わってるよ、ニュージーランドから来た専門家に」

「……ニュージーランドから来た専門家にここで教わってんのか？」

「うん、パトリック。二メートルあんの」

ちょうどそこに背の高い外国人の男性が通りかかった。

「ハーイ、パトリック」

「ハーイ、タカダ」

何がハーイパトリックだ。

だから嘘じゃないってか？　バカヤロウ。くそっ……。

「……ここ江別《えべつ》！　隣町！　快速で二十分！　通えるべや！」

「ここの寮なら二分だよ」

「餞別返せよ」

「出したもんは引っこめられないんだろ？」

「何だと？」

あれからいろいろあって、挙げ句に昨日の大損にとどめを刺された俺の財布からは、もはや結構あったはずのマリの依頼料は泡沫のごとく消えてしまっていた。それで、ふと思い立って、ニュージーランドでも電話は通じるのか、と訝りつつ電話をかけたら隣の町にいるとさも当然とばかりに答えやがった。それで俺は首洗って待ってろと言って電話を切り、こうして回収に来たのだ。

「いいから返せよ」

「使ったよ」

「使っただと？　どこで」

「札幌競馬場」

「札幌来てるべや！」

「だって隣だもん」

クソッ。隣町の研究室に引っ越すだけであんな大金やる馬鹿がいるもんか。弁護士に相談したって俺の返還請求を認めてくれるはずだ。

「だから返せって言ってんだよ！　警察呼ぶぞ？」

「だから返せないって言ってんの！」

こいつは、まったく――。

「わかんない奴だなぁ！」

そう言ったのは同時だった。

やれやれ。

この餞別回収は、なかなか手間取りそうだ。牧場で決闘を始めるわけにもいかない。バート・ランカスターじゃないんだから。

牛が鳴いた。

のどかに、冬の終わりが近いことを知らせるみたいに。

ふと、その牛の向こう側に、少女がいた気がした。かすかにマリに面影のある少女。そう言えば、一家無理心中するまで、彼女の家は牧場をやっていたんだっけな。

こんな風景のなかで、あいつは育ったんだろうな。それで、牛に顔を舐められたりして、キャッキャと笑っていたんだろう。

きらきらした時間ってのは、どうしても一瞬なんだよな。

気長にやるさ。

「おい、今夜飲むか、久々に」

「いいよ。金は返さねえけど」

「今夜の酒くらい奢れよ」

「嫌だよ」

「何だと？　てめぇは……」

「ボトルキープあるから。それ飲もうぜ」

「安く済ませやがって」

「あ、嫌ならいいんだぜ。……ラガヴーリン十二年物なのに」

「高田君、それ早く言おうか。俺たち、親友だもんな」

「親友は餞別で寄越した金を返せとか言わないからなぁ、どうしようかなぁ」

「た、高田君！」

　また牛がもぉおおっと鳴く。もぉおおは俺のセリフだ。

「まあいいや、とにかく〈ケラー・オオハタ〉に行くよ。電車で二十分だからな」

「ああ。帰国をお待ちしてますよ」

　本当はこう言うべきだったのかもしれない。おまえと飲めてうれしいよ、と。言ってどうなるもんでもないか。

　俺はそのまま牧場を後にした。

　背後でまた牛が鳴く。

　一度だけ振り返った。

　少女のマリが、手を振っている気がしたのだ。もちろん、そこにはただ緑の草原と、ホルスタインが数頭いただけだ。

　いいじゃないか。探偵。

　おまえは生きろよ。

　おまえが生きているかぎり、おまえの頭のなかのマリは元気だ。

　フィリップ・マーロウは、さよならを言うのは少しだけ死ぬことだと言った。なら、さよならを言わないってのは反対に、それなりに生きるってことなんだろう。

　人生は息さえしてりゃ、わりと長いんだから。

本書はフィクションであり、登場する団体名、店名、個人名等はすべて虚構上のものです。

本書は、書き下ろし作品です。

ススキノ探偵／東直己

探偵はバーにいる

札幌ススキノの便利屋探偵が巻込まれたデートクラブ殺人。北の街の軽快ハードボイルド

バーにかかってきた電話

電話の依頼者は、すでに死んでいる女の名前を名乗っていた。彼女の狙いとその正体は？

消えた少年

意気投合した映画少年が行方不明となり、担任の春子に頼まれた〈俺〉は捜索に乗り出す

探偵はひとりぼっち

オカマの友人が殺された。なぜか仲間たちも口を閉ざす中、〈俺〉は一人で調査を始める

探偵は吹雪の果てに

雪の田舎町に赴いた〈俺〉を待っていたのは巧妙な罠。死闘の果てに摑んだ意外な真実は？

ハヤカワ文庫

原尞の作品

そして夜は甦る

高層ビル街の片隅に事務所を構える私立探偵沢崎、初登場！　記念すべき長篇デビュー作

直木賞受賞
私が殺した少女

私立探偵沢崎は不運にも誘拐事件に巻き込まれる。斯界を瞠目させた名作ハードボイルド

さらば長き眠り

ひさびさに事務所に帰ってきた沢崎を待っていたのは、元高校野球選手からの依頼だった

愚か者死すべし

事務所を閉める大晦日に、沢崎は狙撃事件に遭遇してしまう。新・沢崎シリーズ第一弾。

日本冒険小説協会賞最優秀短編賞受賞
天使たちの探偵

沢崎の短篇初登場作「少年の見た男」ほか、未成年がからむ六つの事件を描く連作短篇集

ハヤカワ文庫

第1回アガサ・クリスティー賞受賞作

黒猫の遊歩 あるいは美学講義

森 晶麿

でたらめな地図に隠された想い、しゃべる壁に隔てられた青年、川に振りかけられた香水の意味、現れた住職と失踪した研究者、頭蓋骨を探す映画監督、楽器なしで奏でられる音楽……日常に潜む、幻想と現実が交差する瞬間。美学・芸術学を専門とする若き大学教授、通称「黒猫」と、彼の「付き人」をつとめる大学院生は、美学とエドガー・アラン・ポオの講義を通してその謎を解き明かしてゆく。

ハヤカワ文庫

黒猫の刹那
あるいは卒論指導

森 晶麿

大学の美学科に在籍する「私」は卒論と進路に悩む日々。そんなとき、ゼミで一人の男子学生と出会う。黒いスーツ姿の彼は、本を読み耽るばかりでいつも無愛想。しかし、ある事件をきっかけに彼から美学とポオに関する〝卒論指導〟を受けて以降、その猫のような論理の歩みと鋭い観察眼に気づき始め……。『黒猫の遊歩あるいは美学講義』の三年前、黒猫と付き人の出会いを描くシリーズ学生篇

ハヤカワ文庫

P・O・S
キャメルマート京洛病院店の四季

鏑木　蓮

コンビニチェーンの社員・小山田昌司は、利益の少ない京都の病院内店舗に店長として赴任した。そこには――新品のサッカーボールをごみ箱に捨てる子ども、亡くなった猫に高級猫缶を望む認知症の老女、高値の古い特撮雑誌を探す元俳優など、店に難題を持ち込む患者たちが……京都×コンビニ×感涙。文庫ベストセラー作家が放つ、温かなお仕事小説。心を温める大人のコンビニ・ストーリー。

ハヤカワ文庫

二〇一一年〈さわベス〉第一位

エンドロール

鏑木　蓮

映画監督になる夢破れ、故郷を飛び出した青年・門川は、アパート管理のバイトをしていた。ある日、住人の独居老人・帯屋が亡くなっているのを見つけ、遺品の8ミリフィルムを発見する。帯屋は腕のいい映写技師だったという。門川は老人の人生をドキュメントにしようとその軌跡を辿り、孤独にみえた老人の波瀾の人生を知ることに……人生讃歌の感動作（『しらない町』改題）。解説／田口幹人

ハヤカワ文庫

第6回アガサ・クリスティー賞受賞作

花を追え
仕立屋・琥珀と着物の迷宮

春坂咲月

仙台の夏の夕暮れ。篠笛教室に通う着物が苦手な女子高生・八重は着流し姿の美青年・宝《とも》紀《のり》琥《こ》珀《はく》と出会った。そして仕立屋という職業柄か着物に詳しい琥珀と共に着物にまつわる様々な謎に挑むことに。ドロボウになる祝い着や、端切れのシュシュの呪い、そして幻の古裂「辻が花」……やがて浮かぶ琥珀の過去と、徐々に近づく二人の距離は――？　謎のイケメン仕立て屋が活躍する和ミステリ登場

ハヤカワ文庫

Agatha Christie Award

アガサ・クリスティー賞
原稿募集

出でよ、“21世紀のクリスティー”

©Hayakawa Publishing Corporation
©Angus McBean

本賞は、本格ミステリ、冒険小説、スパイ小説、サスペンスなど、広義のミステリ小説を対象とし、クリスティーの伝統を現代に受け継ぎ、発展、進化させる新たな才能の発掘と育成を目的としています。クリスティーの遺族から公認を受けた、世界で唯一のミステリ賞です。

●賞　正賞／アガサ・クリスティーにちなんだ賞牌、副賞／100万円
●締切　毎年１月31日（当日消印有効）　●発表　毎年７月

詳細はhttp://www.hayakawa-online.co.jp/

主催：株式会社 早川書房、公益財団法人 早川清文学振興財団
協力：英国アガサ・クリスティー社

原作者・著者略歴
東 直己　1956年生，北海道大学文学部中退，作家　著書『探偵はバーにいる』『バーにかかってきた電話』（以上早川書房刊）他多数
森 晶麿　1979年生，作家　著書〈黒猫〉シリーズ，『四季彩のサロメまたは背徳の省察』『人魚姫の椅子』（以上早川書房刊）他多数

HM=Hayakawa Mystery
SF=Science Fiction
JA=Japanese Author
NV=Novel
NF=Nonfiction
FT=Fantasy

探偵《たんてい》は BAR にいる 3

〈JA1303〉

二〇一七年十一月十日　印刷
二〇一七年十一月十五日　発行
（定価はカバーに表示してあります）

原作　東《あずま》 直《なお》 己《み》
脚本　古《こ》 沢《さわ》 良《りょう》 太《た》
ノヴェライズ　森《もり》 晶《あき》 麿《まろ》
発行者　早川 浩
発行所　株式会社 早川書房
郵便番号　一〇一‐〇〇四六
東京都千代田区神田多町二ノ二
電話　〇三‐三二五二‐三一一一（大代表）
振替　〇〇一六〇‐三‐四七七九九
http://www.hayakawa-online.co.jp
乱丁・落丁本は小社制作部宛お送り下さい。
送料小社負担にてお取りかえいたします。

印刷・三松堂株式会社　製本・株式会社川島製本所
©2017 Naomi Azuma ／ Ryota Kosawa ／ Akimaro Mori
©2017「探偵は BAR にいる 3」製作委員会
Printed and bound in Japan
ISBN978-4-15-031303-6 C0193

本書のコピー、スキャン、デジタル化等の無断複製は著作権法上の例外を除き禁じられています。

本書は活字が大きく読みやすい〈トールサイズ〉です。